투명 공간
앨리스

로희 장편소설

네온사인

투명 공간
앨리스

04

NEON
×
SIGN

차
례

빛무리

몸

순수한 악에는 오직 순수한 악으로

모든 생명은 빛의 몸을 갖고 있다.

육체에 포개져 있는 또 하나의 몸. 육체가 죽어도 죽지 않는 사차원의 존재.

귀신, 유령, 이더(Ether), 영혼. 부르는 이름도 많지만 우리는 빛무리 몸이라고 불렀다. 마치 밤하늘의 성운처럼 무수히 많은 별이 모여 있는 모습이기 때문이다.

빛무리 몸을 처음 보았을 때 나는 하나의 생명이 거대한 우주라는 말이 비유가 아님을 알았다. 우리는 모두 우주다. 어둠 속에서 끊임없이 서로를 바라보는 존재. 서로를 향해 부지런히 눈빛을 송신하는 존재.

사람의 손은 사람을 위해 만들어진 거라고 생각하곤 했다. 아인이의 손은 내 목덜미에 딱 맞아떨어졌으니까. 내 뺨을 감쌀 때도 크지도 작지도 않고 딱 좋았다.

키가 나보다 큰데도 손이 떨어지는 높이는 같아서 마치 나와 손잡기 편하게 만들어진 것 같았다.

나는 내 코만 쏙 들어갈 정도로 파인 아인이의 가슴골도 좋아했다. 가슴골에 머리를 기대도 꼭 내 머리에 대고 선을 그은 것처럼, 목에서 어깨로 이어지는 선이 딱 맞아떨어졌다. 아인이의 어깨에 머리를 기대면 비스듬하게 멀리, 정면에서 약간 옆을 바라보는 각도가 되었다. 그 느슨하고 여유로운 각도를 나는 사랑했다.

사람은 사람을 위해 디자인된 거야.

팔이 안으로 굽는 건 서로 안아주기 위해서고, 다리가 뒤로 굽는 건 무릎을 한데 모으기 위해서고, 피부가 부드러운 건 쓰다듬기 좋으라고 그런 거야.

우리는 서로를 만나기 위해서 몸을 가졌으니까. 몸은 차원을 건너기 위해 만들어진 우주선이니까.

우리는 차원과 차원 사이에 걸쳐진 존재 같았다.

이쪽도 저쪽도 아닌 곳에 굳어져버린, 능력을 갖

게 된 게 아니라 능력에 붙들려버린 존재 같았다.

우리는 다르지만 거기서 거기인 삶을 살았다.

희망을 가진 적은 없지만 오래도록 염원했다.

희망과 염원의 차이를 묻는다면 희망은 무지개 같고, 염원은 비구름 같다고 대답하고 싶다. 희망은 맑고, 염원은 음험해. 가석방을 희망한다면 몰라도, 탈옥을 희망한다고 하면 어색하잖아. 탈옥 같은 일에는 염원이라는 말이 더 잘 어울리지.

희망은 걸어가고, 염원은 가로막혀 있다.

희망은 물처럼 흐르고, 염원에는 불길이 필요해.

우리는 염원했다. 지금처럼만 아니기를.

어제와 똑같이 오늘도, 지금에서 벗어날 수만 있기를.

*

유이는 어릴 때부터 놀림을 많이 받았고 그럴 때마다 자신의 몸을 떠나고 싶었다. 투명 인간이 되어 자신이 좋아하는 것들을 방해받지 않고 맘껏 바라보고 싶었다. 어느 날 몰래 훔쳐보던 남자애한테 주먹으로 맞는 일이 생겼는데 쓰러지기는커녕 하늘로 한없이 솟아올랐다. 눈물이 마를 때까지 실컷 날아다니다 왔더니 양호실이었다. 그날부터 잠이 들면 하늘을 날아다니는 꿈을 꾸었다. 처음에는 날아다니기만 했는데 나중에는 공중에 머물러 있을 수도, 깨어 있을 때처럼 걸어 다니면서 밤거리를 관찰할 수도 있었다.

유이는 실제로 걷고 싶어서 밤 외출을 다니다가 어느 날 아빠에게 감금당하면서 그간의 일들이 꿈이 아님을 알게 되었다. 유이는 방문을 어깨로 밀다가 방 밖으로 빠져나왔다. 방문은 닫힌 채였고 거실에서 술을 마시던 아빠는 유이가 보이지 않는 모양이었다. 벽을 통과해 방 안에 다시 들어가보니 자신이 바닥에 쓰러져 있었고 그것 또한 꿈일 수 있었지만, 아빠의 술버릇은 꿈일 수 없었다. 다음 날 손을 왜 다쳤냐고 묻자 아빠는 일하다 다쳤다고 거짓말했다. 아빠가 오랫동안 일이 없었다는 걸 알면서도 유이는 모른 척했다. 아빠는 얼마 후 스스로 목숨을 끊었다. 유이는 자신을 가둬놓을 정도로 과잉보호하던 사람이 어떻게 혼자 죽을 수 있었는지 오랫동안 이해할 수 없었다.

지나도 감금된 적이 있었다. 아빠의 도박 빚 때

문에 깡패들에게 납치된 심각한 경우였는데 이틀째 되는 날에 남자 한 명이 들어와 지나를 깔아뭉갰다. 아무리 몸부림을 쳐도 남자에게서 벗어날 수가 없어 지나는 자기 자신을 포기해버렸다. 어쩔 수 없었다. 그냥 이대로 흔적 없이 사라져버렸으면 좋겠다고 생각했다. 그때 갑자기 남자가 가하던 힘이 사라졌다. 남자는 깜짝 놀라 이리저리 뛰더니 혼자 넘어져서 기절했다. 지나는 문을 통과해서 그곳을 빠져나올 수 있었다. 문뿐만 아니라 벽도 쉽게 통과할 수 있었다. 시간이 걸리기는 했지만 금고 속의 돈을 꺼내는 것도 가능했다. 나쁜 놈들 돈이니까 괜찮은 게 아니라 그것도 결국 선량한 사람들의 돈이라는 생각이 들어서 지나는 아빠의 도박 빚만큼 챙기고 나머지는 무기명 후원금으로 보내버렸다. 그 뒤로 다시는 도둑질을 하지 않았다.

먐은 별일 없이 살았다. 지루할 정도로 무난하게 살았다. 어떤 미치광이 박사의 계략에 빠져 아직 실험 중인 약을 먹기 전까지는. 그 사건으로 먐은 물론이고 지나와 유이, 아인까지 가지고 있던 능력이 증폭된 대신 기억을 잃었다.

지나와 유이의 기억은 희미하게나마 돌아왔지

만, 믐은 여전히 약을 먹기 전의 일들은 아무것도 기억하지 못한다. 퇴근하고 나면 방에 틀어박혀 나오지 않았다는 얘기만 부모에게 들어 알고 있을 뿐이다.

무의식이 강하게 거부하고 있는 거라고 나는 생각한다. 무의식은 합리적이지 않으니까. 믐은 기억을 잃은 대신, 자신이 읽은 것은 빠짐없이 기억하는 능력을 갖게 되었다. 자신의 지루한 삶의 기억보다 머릿속에 있는 것들과 사는 편이 더 행복하다고 믿는 게 틀림없다.

나는 기억 때문에 고통스럽지만 설사 기억을 버리는 게 가능하다 해도 그럴 마음은 없다. 기억은 천으로 짠 그림과 같아서 내가 원하는 것만 남길 수도 없으니까.

아인이를 다시 만나게 된다면 꼭 얘기해주고 싶다. 다시는 나를 살리기 위해 목숨을 버리는 일 따위는 하지 말라고.

그런 기억을 안고 사는 건 죽음보다 나은 일이 결코 아니라고.

*

믐은 대부분의 외계인은 나쁠 수 없다고 했다. 먼 우주에서 지구로 오려면 지구인보다 훨씬 진화한 존재여야 하는데, 비폭력과 박애를 배우지 못하면 행성 수준에서 멸망하기 때문이라고 했다.

우주에는 수많은 외계인이 있겠지만 우리가 만나본 종족은 스크럴이나 이즈비 정도였다. 스크럴은 우리 주변에도 꽤 많이 있다고 생각되는데, 육체를 마음대로 변형할 수 있는 능력을 지닌 종족이다. 무엇으로든 변신할 수 있으므로 그들이 인간에게 붙잡힌 적은 한 번도 없다. 신화나 전설에 나오는 수많은 존재가 스크럴은 아니었을까. 어쩌면 늑대 인간이나 구미호도 스크럴에 대한 공포에서 나온 이야기 아닐까.

이즈비는 삼차원의 존재가 아니어서 지구에 잘 오지 않았다. 정찰 목적으로 반물질 비행체를 보내는 정도가 다인데 가끔 나쁜 의도를 품고 차원을 넘어오는 자들도 있었다. 지구에 존재하려면 육체가 필요하므로 그들은 지구인의 육체를 훔쳐 쓰곤 했다. 우리는 그들을 데커(Decker)라고 불렀다. 이즈비 세계의 시스템을 해킹해서 지구로 오는 자들.

　죽은 사람이 다른 사람에게 빙의하는 이유는 상처 때문이었다. 이번 생이 아니면 씻을 수 없을 것 같은, 도저히 놓고 갈 수 없는 상처 때문에. 상처는 빙의의 이유인 동시에 퇴마의 열쇠이기도 했다.

　하지만 데커는 단지 재미를 위해서 지구인의 몸에 들어온 자들이었다. 그들에게는 상처가 없어서 종교인들의 퇴마가 먹히지 않았다. 데커를 상대하려면, 데커보다 강한 빛무리 몸을 갖고 있어야 했다.

　지나와 유이는 한동안 자신이 외계인인 줄 알았다. 약을 먹고, 기억이 없는 채로 깨어났으니 그렇게 생각할 만했다. 나는 외계인이니까, 지구인이 죽이려 드는 것도 이해할 만한 일이라고 생각했다.

　사람은 미움을 받으면 자신이 잘못했다고 생각하게 된다. 뭘 잘못했을까 생각하고 또 생각하다가 무엇이 잘못이고 잘못이 아닌지조차 분간할 수 없게 되면 존재 자체가 잘못이라는 생각이 들지. 나는 애초부터 잘못된 존재라고. 처음부터 생겨나지 말았어야 했다고.

　공격은 저쪽이 먼저 했고 이쪽은 방어를 했을 뿐인데 어느 순간 이쪽이 위험한 사람이 되어 있었다. 왜 죄책감은 늘 나의 몫인가. 나는 살아남기 위해 싸웠을 뿐인데 점점 숫자가 늘어나면 이렇게 많은 사람을 희생시킬 정도로 내가 가치 있는 존재인가, 번민에 휩싸이게 마련이었다.

그러다가 깨달았다. 나는 가치 있고 싶지 않았고 주목받고 싶지도 않았고 단지 조용히 살고 싶었을 뿐이라는 것을. 나는 나 혼자로 완전해. 어떻게든 내 존재를 이용해야만 살 수 있는 사람들은 당신들이지. 다른 사람을 끌어들이지 않으면 스스로 아무것도 할 수 없는 자들.

우리를 가장 집요하게 공격해오던 자들은 어세서(Assessor)였다. 어세서는 '판단하는 사람'이라는 뜻의 라틴어에서 나온 말이었다. 말 그대로 지구인인지 데커인지 판단해서 데커면 제거한다는 의미겠지. 자신들이 외계인으로부터 지구를 지키고 있다는 자부심으로 가득 찬 조직이었는데, 놀라운 것은 알고 보니 그들의 수장이 데커라는 사실이었다. 놀랍지 않은 것은 원래 세상은 다 그런 식이라는 사실이었고.

비리 경찰이 모범 경찰을 함정에 빠뜨려 자신을 지키듯이. 스파이가 엉뚱한 사람을 스파이로 몰아 혐의에서 벗어나듯이.

　제일 짜증 나는 건 나쁜 짓을 하면서 존경까지 받으려는 거였다. 어세서들은 어세서의 수장을 '교장님'이라고 부르고 있었다. 교장님이라니. 왜 너희 같은 것들은 그런 호칭을 좋아하는 걸까. 아인이가 놈의 계략에 휘말려 죽고, 나는 놈을 찾아내기 위해 피 말리는 나날을 보내야 했다. 놈이 종적을 감춘 지 몇 년이 지나서야 놈의 목에 내 검을 댈 수 있었다.

　그때 그냥 영혼까지 소멸시켰어야 했을까.

　죽이는 것만으로는 부족하다고 생각했다. 영혼이라 한들 죽이면 뭐 해. 놈은 고통도 후회도 없는 차원으로 넘어가버릴 텐데. 차라리 육체를 빼앗아 빛무리 몸을 제국으로 올려 보내면 이즈비들이 알아서 영겁의 어둠 속에 가둬줄 거라고, 언젠가는 지구에 다시 오겠지만 하염없이 먼 미래의 일일 테고 그때마다 내가 다시 태어나 천 번이고 만 번이고 다시 죽여줄 거라고 생각했다. 단 한 번에, 이렇게 쉽게 죽일 수 없어서 살려두는 거라고 생각했다.

　놈이 이렇게 빨리 돌아올 줄은 몰랐다. 영겁은커녕 이번 생이 가기도 전에. 그것도 찰나의 시간 만에.

놈이 돌아왔다는 사실을 알고 마음이 다시 끓어오를 줄 알았는데 오히려 편안해졌다.

그제야 알았다. 놈을 편안히 보낼 수 없어서 소거하지 않은 게 아니라, 내가 아직 놈을 보낼 준비가 되어 있지 않던 것임을. 이승을 떠나지 못하는 빛무리 몸처럼 나는 놈과의 악연을 아직 끝낼 수 없던 거였다.

어떻게 부활한 건지는 모르겠지만 이번에는 다를 거야. 이번에는 육체든 영혼이든 기억조차 한 점 남지 않도록.

너희들은 옳고 그름을 모르는 존재니까.

순수한 악에는 오직 순수한 악으로.

빛의
무기

나도 과거를 다시 살면,
더 이상 아프지 않을 수 있을까

처음에는 장난처럼 시작된 얘기였다. 유이가 아무 때나 빛무리 몸이 보인다고 해서.

"이제 유체 이탈을 안 해도 보인다."

"원래는 유체 이탈할 때마다 보였다고?"

"죽은 사람 것만 보였는데 이제 산 사람도 보인다."

"모든 사람 다?"

"다는 아닌데…… 진상일수록 특히 잘 보인다."

유이가 눈을 가늘게 뜨고 포장마차 안을 둘러보는 시늉을 했다. 지나는 빈 소주잔에 소주를 채우며 당연한 거 아니냐는 반응을 보였다.

"지저분한 놈들일수록 빛무리 몸이 화려하니까."

"지나 너도 보여?"

"나는 활성화했을 때만? 너도 마찬가지 아니야?"

"으응, 그렇지……."

대충 얼버무렸지만 사실 나도 요즘에는 얼핏얼 핏 비칠 때가 있었다. 나에게는 거꾸로 빛무리 몸의 어두운 부분이 눈에 비쳤다. 명암이 반전된 사진 같달까. 그 부분만 빛이 번져서 잘 보이지 않았다.

"얼마 전에는 나쁜 빛무리 몸이 들어가 있는 사람을 봤다."

유이가 다시 말하자, 지나의 표정이 진지해졌다.

"데커를 봤단 말이야?"

"그런 건 아닌데…… 빛무리 몸이 두 개였다. 다른 사람의 빛무리 몸이 함께 있는 것 같았다."

"빙의된 사람을 봤다고?"

"아, 빙의! 그 단어가 생각이 안 났다."

유이는 궁금증이 풀렸다는 듯 다시 치킨을 먹기 시작했고 지나는 피식 웃은 다음 소주잔을 꺾었다. 더도 덜도 말고 그쯤에서 끝날 얘기였는데, 혼자 깊은 눈빛을 하고 있던 믐이 뒤늦게 입을 열었다.

"빙의는…… 우리가 잡을 수 있지 않나."

나는 못 들은 척했다. 지나는 아예 못 들은 눈치였다. 벌써 삼 년째, 우리는 조용히 살고 있었다. 은퇴한 킬러처럼, 혹은 잠적한 스파이처럼.

처음은 어쩔 수 없다지만 두 번째부터는 아니었다. 처음은 실수일 수 있지만 두 번째부터는 실패니까.

우리 중 실패를 두려워하지 않는 건 믐뿐이었다. 본인이 재밌다고 생각하면 상대방 반응과 상관없이 두 번이고 세 번이고 반복해서 말했다. 그것도 녹음기처럼 똑같은 말투로.

"빙의는…… 우리가 잡을 수 있지 않나."

거기까지만 해도 뭘 하자는 얘기는 아니었을 것이다. 자신의 말에 반응을 좀 보여달라는 뜻이었겠지. 그러나 물이 튄 곳에는 꼭 뜨거운 기름이 있고, 뜨거운 기름이 튄 곳에는 꼭 맨살이 있게 마련이었다. 적어도 우리는 매번 그랬다.

"어떻게 잡냐? 볼 때마다 쫓아가냐?"

"우리라면…… 쉽게 쫓아갈 수 있지 않나."

"카운터 보다 쫓아가냐? 고기 굽다 쫓아가?"

우리는 밤낮으로 알바를 하는 애들이었다. 아무 때나 자리를 떴다가는 그마저도 잃게 되겠지. 믐은 유이의 발 빠른 반론에 잠시 주춤하는 듯했지만.

"쫓아가는 게 어렵다면, 그들이 오게 하는 방법도 있다."

"쥐가 고양이한테 오냐? 벌레가 새한테 기어 와?"

"유이가 내 말을 거꾸로 알아들었다."

언성이 높아지자 옆 테이블에서 쳐다보기 시작했고, 지나와 나는 서로 눈만 바라보며 무언으로 대화했다. 이제 곧 나가야 할 것 같지. 응.

"혼유는 정유공장에 가야 하고, 오염수에는 불소가 필요하다."

"우리가 혼유냐? 우리가 오염수야?"

"유이가 내 말을 자꾸 잘못 알아듣는다."

믐이 도와달라는 듯한 표정으로 쳐다보기에 지나와 나는 딴청을 피웠다. 나는 메시지를 확인하는 척했고, 지나는 메뉴판을 뒤적거렸다. 이제 유이가 믐의 등짝을 몇 대 때리고 상황이 종료되려나 했는데.

"퇴마를 하자는 뜻이냐?"

유이의 목소리가 나지막해져 있었다. 지나와 나

는 거의 동시에 고개를 들어 유이를 보았다. 유이가 진지한 표정으로 믐에게 다시 물었다.

"어떻게?"

"에스엔에스 계정 같은 걸 만들어서⋯⋯."

"어떤 계정? 엑소시스트? 퇴마하는 무당?"

유이는 사람인데 어떻게 귀를 쫑긋거리는 고양이 표정을 지을 수 있는 걸까. 믐이 대답을 하기도 전에 유이가 믐 쪽으로 픽 쓰러졌다. 사람들은 술 먹던 애가 취했나 보다, 생각했겠지만 유이는 유체 이탈을 한 거였다. 잠시 후 실내 포장마차의 조명이 일제히 깜박거렸다. 털털거리던 환풍기는 꺼졌고, 카드단말기는 재부팅을 시작했다.

유이는 풍선 인형처럼 스윽 일어섰다. 지겹게 본 장면인데도 이번에는 소름이 좀 끼쳤다. 하지만 정말 무서운 일을 당한 건 우리가 아니었다.

옆자리에 앉아 있던 남자들이 뒤늦게 비명을 지르며 일어나 팔짝팔짝 뛰고 있었다. 우리도 몰랐는데, 돌아보니 고양이 한 마리가 테이블 위에 올라가 난장판을 만들어놓은 후였다.

"아까부터 자꾸 힐끗거리잖아, 짜증 나게."

"……."

"어때, 무당 같았어?"

무당이 아니라 네가 귀신 같아. 유이는 유체 이탈만 가능한 게 아니었다. 남의 몸에 들어갈 수도 있었다. 육체를 장악해서 마음대로 조종할 수도 있었다. 사람이 아니라 고양이를 택한 건 나름 자제한 거였다. 전자기기는 의지를 갖고 있지 않아서 생명체보다 쉬웠다. 유이는 도어록을 해제할 수도, 전기차를 움직일 수도 있었다.

신중한 성격이 아니어서 유이는 이미 여러 번 사고를 쳤다. 자신의 능력을 진상이나 취객들 혼내는 데 써먹었다. 유이가 잘못했다고 생각하지는 않았다. 설명하기 어렵지만 우리 주변에는 늘 신경을 뾰족하게 만드는 사람들이 있었고, 그 사람들에게 유이 정도의 앙갚음은 합당하다 못해 부족하다고 생각하는 편이었다.

우리는 서로에게 약속을 했다. 어떤 경우에도 벌레에 집중하지는 말자고. 죽기보다 더 나쁜 건 벌레들과 함께 죽는 일이라고. 차원의 힘은 빙하 같은 거였다. 단단히 얼어 있는 편이 가장 안전했다. 폭풍으로 돌아올 것을 뻔히 알면서도 날갯짓을 할 수는 없었다.

"한 번만 더 그래봐라. 진짜 화낸다."

지나가 유이의 머리통을 한 손으로 잡아 흔드는 시늉을 하며 말했다. 가죽점퍼에 바지를 입은 긴 다리가 가끔 남자애 같았다.

"한 번만 더 그래봐라. 진짜 죽는다."

유이가 지나를 흉내 내며 믐에게 종주먹을 흔들었다. 나는 아스팔트에 길게 누운 우리의 그림자가 사람의 손가락 같다고 생각했다. 네 개의 손가락. 손가락 하나가 빠진 손. 오늘 얘기를 들었다면 아인이는 뭐라고 말했을까. 나쁜 빛무리 몸들을 잡자고 얘기했을까, 잡지 말자고 얘기했을까.

믐이 유이에게 떠밀려 택시에 오르자 우리는 이제 셋이 되어 있었다. 가로등이 높아져 조금 낮아진 세 사람의 그림자는 선인장 같았다. 날카로운 가시들을 생략하고 그린 일러스트레이션 선인장.

"근데 진짜 다음번에 한번 해볼까?"

유이가 묻자, 지나가 되물었다.

"뭘?"

"빙의한 귀신 쫓기?"

지나는 반찬 통에서 짧게 공기가 빠지는 듯한 소리로 웃더니 유이의 어깨에 손을 올렸다. 그리고 내 어깨에도 손을 올렸다.

　　콧노래를 부를 뿐 아무 말도 하지 않았지만 눈에 초점이 없어서 무슨 생각을 하는지 알 것 같았다.

　　지나도 아인이가 보고 싶은 거지.

　　나만큼이나, 어쩌면 나보다도 더 많이.

*

　　행복한 사람은 마음이 없다는 게 어떤 건지 잘 모르겠지. 입이 없는데 음식을 먹고 폐가 없는데 숨을 쉬고 허리가 없는데 걷는다. 뭔가가 없는데 있어. 뭔가가 있는데 느껴지지 않아. 느껴지지 않아서 편리하다. 편안하지는 않은데 편리해. 편안하지 않아서 다행이야. 편안하면 가슴에 버섯이 자라니까. 버섯은 말랑말랑 보들보들 느끼지 않을 수 없으니까. 뜯어내면 아픈데 또 자라나고, 자라지 않으면 빈자리가 느껴져서 또 아팠다. 버섯은 사시사철 자라서 우리는 계절을 몰랐다. 계절 없이 날씨만 있는 삶을 살았다. 순환의 시계가 멈추고, 반복의 무게 추만이 흔들리는 곳에서.

　　두 개의 골목이 두 마리 뱀처럼 슬금슬금 뻗어 있

는 동네였다. 왼쪽 골목에는 식당과 카페가 많고 오른쪽 골목에는 술집이 많았다. 입구에서 눈을 가늘게 뜨면 왼쪽은 군데군데 비늘이 벗겨진 비단뱀 같고 오른쪽은 무지갯빛이 감도는 보아뱀 같았다.

우리는 일 년 전쯤 이 동네에 정착했다. 밝을 때는 비단뱀 골목의 잡화점 알바였고, 어두울 때는 보아뱀 골목의 고깃집 알바였다. 사람들은 우리를 '고깃집 애들'이라고 불렀다. 잡화점에서 일하는 시간이 더 긴데 잡화점 애들이라고 부르지는 않았다.

낮에는 어디에서 어떻게 만들어졌는지 모를 물건들을 매일매일 받았다. 어떤 사람인지, 어디에 쓰려고 사는지 모르는 채 종일 바코드를 찍었다. 우리보다 먼저 일한 누군가가 만들었을 매뉴얼대로 창고를 정리하고, 우리의 뒤를 이을 누군가에게 아마도 읽히지 않을 기록을 남겼다.

저녁이면 고깃집 애들이 되어 어디에서 어떻게 살다 죽었는지 알 수 없는 소의 일부를 구웠다. 우리는 저들을 모르는데, 우리를 안다고 생각하는 사람들 틈을 이리저리 오갔다. 우리한테 관심도 없으면서 관심 가지는 거 이상해. 물어볼 것도 없으면서 궁금한 눈빛인 거 이상해.

　　나를 아는 것처럼 바라보는 눈빛을 볼 때마다 내가 불판 위에 구워지는 기분이었다. 짧게 짧게 웃으며 힐끗거리는 얼굴을 보면 몸속이 맵게 버무려지는 느낌이었다. 처음에는 그랬다. 뜨거워졌다 차가워졌다, 부풀어 올랐다 바람이 빠졌다 했다.

　　지나는 화가 나면 자신도 모르게 활성화가 되는 아이라 고생을 많이 했다. 사장은 유독 덤벙거리는 애라고 생각했겠지만 지나가 무언가를 놓치거나 흘리는 건 실수가 아니라 실패였다. 업무상 과실이 아닌 감정 조절 실패. 지나가 자신의 상태를 의식하고 있다면 물건이 손에서 미끄러지는 사건 따위는 일어날 수 없었다.

　　지나는 육체를 자유자재로 활성화할 수 있는데, 몸에 닿은 물체도 마찬가지였다. 비유하자면 농도를 부분부분, 그때그때 달리할 수 있어서 지나가 '불 조절'이라고 부르는 기술이었다.

　　딱 한 번, 지나도 손님에게 장난을 친 적이 있었다. 지나가 고기를 구울 때마다 일부러 다리를 벌려 무릎에 닿게 하는 아저씨였다. 확 다리만 활성화해서 기절초풍하게 만드는 방법도 있었겠지만 지나는 보다 은

밀하고 안전한 방법을 썼다. 뒤를 지나가면서 등 쪽 어깨에 스윽 병뚜껑 하나를 넣어버렸다. 고작 병뚜껑 하나 들어갔을 뿐인데 주꾸미처럼 졸아들어서는 어찌나 엄살을 피우던지. 가게에서 나갈 때쯤 병뚜껑을 빼주었지만 아저씨는 그 뒤에도 걸핏하면 어깨가 결렸다. 자주 어깨가 결리는 바람에 매사에 행동거지를 조심하는 주꾸미가 되었다.

유이가 했던 많고 많은 장난 중에 최고는 젊은 꼰대에게 한 짓이었다. 직장 상사와 자주 오는 젊은 남자였는데 우리한테 반말에 욕까지 슬쩍 섞어서 썼다. 유이는 앞치마를 내던지고 화장실에 가서 유체 이탈한 다음 남자의 몸을 장악했다. 고작 이삼 분 정도 반말을 하게 했을 뿐인데 직장 상사는 평생의 모욕을 당한 사람처럼 화를 냈다. 기억이 나지 않는다는 남자의 변명에 더 화가 나서는 급기야 가게를 나가버렸다. 남자는 상사를 따라 나갔지만 울긋불긋한 얼굴로 혼자 돌아왔다.

한 달 후에도 혼자 가게에 온 남자는 반말은 고사하고 존댓말 이외에는 배우지 못한 사람처럼 굴었다. 태도도 바뀌어서 물 한 잔만 갖다줘도 엉덩이가 의자에서 뜰 정도였다. 통화를 엿들어서 우리는 남자가 직장에서 해고당할 위기에 처했음을 알게 되었다.

그 사건 때문에 능력 쓰기를 금지한 거지만 두고 두고 통쾌한 건 어쩔 수 없었다. 가벼운 장난 정도로 능력을 쓰는 게 가능했다면 나도 한 번쯤 쓰지 않았을까.

능력은 사람을 따라가게 마련이어서 내 능력에는 뭐랄까, 유머 감각 같은 게 없었다. 너무 진지하다고 해야 하나. 회고해보면 다른 사람은 웃고 넘기는 일에도 나는 점점 생각이 많아지곤 했다.

어렵게 대학에 들어가 알바를 구할 때였다. 같은 학교 출신이라는 원장은 내 그림이 마음에 든다며 선뜻 악수를 청했다. 계약서를 쓰고, 다시 악수하고, 봄볕을 만난 기분으로 일하고 있는데 어느 날 네다섯 살쯤 많은 언니 선생님이 오더니 내 손을 잡았다. 할 얘기가 있다거나 친근함의 표시도 아니라 그냥. 그저 한동안 손을 잡았다 놓으며, 진짜네? 했다.

설명은 몇 주 뒤 회식 자리에서야 들을 수 있었다. "원장 오빠가 깜짝 놀랐대. 네 손이 말랑말랑해서." 라고 그 언니 선생님은 원장을 제외한 모든 선생님이 있는 자리에서 말했다. 몇몇 선생님이 "손 한번 잡아봐도 돼?"라고 묻는 걸 거절할 수 없었다. 나는 기분이 나쁜

데 왜 나쁜지 알 수 없으니까 생각만 많아졌다. 그러고 보니 둘이 밥 먹자는 걸 두어 번 거절한 뒤로 원장이 내 그림 얘기를 안 한다는 데 생각이 닿았고 생각을 계속하다보니 어느새 쳇바퀴가 돌아가고 있었다. 손이 말랑말랑하다고 한 게 뭐가 나빠. 정말 말랑말랑한지 확인한 건 왜 나쁘고, 어떻게 말랑말랑한지 궁금해한 건 어디가 나쁘지. 생각하고 또 생각하다보니 그림이 잘 안 그려질 때마다 손을 잡아보는 버릇이 생겼다.

그림 그리는 손을 왜 말랑말랑하다고 하지. 왜 나는 내가 아니라 말랑말랑이어야 할까.

나는 학원을 그만두었고, 다른 알바를 두세 개씩 하느라 시간이 없어서 학교를 제대로 다닐 수 없었다. 내 손은 더 이상 말랑말랑하지 않았다.

나는 다른 사람이 되고 싶었을 뿐이었다. 아무도 모르는 사람이었으면, 육체 없이 영혼만 남았으면 좋겠다는 생각에 종종 빠져들었을 뿐이었다. 하지만 마치 무의식이 저주를 내리기라도 한 듯, 나에게서 발현된 것은 다른 사람의 영혼을 파괴하는 힘이었다.

내 손에서는 빛의 무기가 자랐다. 육체 말고, 빛무리 몸만을 해치는 무기. 생명은 빛의 형상을 따르게 마련이어서, 빛무리 몸이 다치면 육체에도 상처가 옮겨 갔지만 단숨에 빛무리 몸을 소거하면 육체에는 아무 흔적도 생기지 않았다.

　　나는 증거를 남기지 않고 사람을 죽일 수 있었다. 언제든 죽일 수 있으므로, 언제나 죽이지 않으려고 노력해야 했다.

　　알바를 할 때는 생각이든 감정이든 십분의 일만 열어놓고 일했다. 십분의 일만 보여줬을 뿐인데, 십분의 칠이나 팔쯤은 아는 것처럼 굴지. 심지어는 네가 보여준 건 십분의 일이니, 나머지 십분의 구는 자신의 몫이라는 듯 행동하지. 너 같은 여자애는 돈이 많아야 관심을 갖고, 잘나가는 사람이어야 관심을 갖고, 아니면 적당히 무관심하거나 감정을 도발해야 관심을 가진다고 제멋대로 단정 짓지. 아니면 아니면 너는 왜 내 공식에 맞지 않냐고, 참 이상한 아이라고 되려 화를 내지.

　　나는 그릇인가. 그게 무엇이든 담아주지 않으면 잘못된 건가. 그런데 당신은 무얼 담을 참이지. 당신의 마음속에는 당신도 나도 없는데 그런 것도 마음인가. 텅 비어 있는 건 당신 같은데 왜 내가 그릇이지.

아홉 시쯤만 되면 고깃집 앞에 머무르는 남자애
가 있었다. 한 시간이나 두 시간쯤 가게 앞 벤치에 앉아
있다가 가게가 끝나기 전 사라지곤 했다. 사장이 뭐라고
하니까 가게 앞에 서성이더니, 다시 뭐라고 하니까 손님
으로 들어오기 시작했다. 일인분을 시켜놓고 술도 없이
몇 시간씩 버티니까 사장이 참다 참다 한마디 했는데,
혼자 오면 손님도 아니냐고 화를 내고 나가더니 그 뒤부
터는 친구 한 명을 데리고 다녔다.

남자애가 올 때마다 사장이 나를 보고 웃었다. 너
도 알고, 나도 알고, 모두가 안다는 눈빛으로. 남자애가
오면 지나와 유이가 번갈아가며 그 테이블을 맡았다. 남
자애는 가게 안 테이블에 한 번씩 앉아본 다음 가장 구
석에 있는 자리에 정착했다. 손님이 있으면 갈 때까지
기다려서 들어왔다. 꼭 벽 쪽에 등을 대고 앉았는데, 가
게 안을 다 보기 위해서 그러는 것 같았다.

유이는 두세 번 걸러 한 번쯤 나에게 물었다.

"그냥 혼내주면 안 될까?"

응, 안돼. 쟤는 아무것도 안 했잖아. 고깃집 단골
손님일 뿐이잖아. 무슨 생각으로 일주일에 두세 번씩 오
는지 우리가 어떻게 알아. 설사 우리가 맞다고 한들, 남

자애는 우리한테 혼난 것도 모르고 귀신이나 유령한테 홀렸다고 생각할 텐데 그건 정말 싫어.

엉뚱해지고 싶다고 생각했다. 내가 좋아하는 앨리스처럼.

이거 아니면 저거 말고. 다른 사람이 뭐라고 생각하든 내 멋대로 할 수 있었으면 좋겠다.

가끔이지만 고깃집이 일찍 문을 닫을 때가 있었다. 재료가 일찍 소진되거나 손님이 너무 없을 때. 전자는 거의 없었으므로 나는 후자를 노렸다. 남자애와 남자애 친구밖에 없는 홀에서 나는 들리라는 듯 말했다.

"빨리 끝내고 술이나 먹으러 가자."

남자애는 마치 우연인 것처럼 포장마차에 들어왔다. 우리에게 말을 건 것도 술집에 들어온 지 한 시간쯤 지나서였다. 지나가 앉으라고 자리를 내줬다. 남자애는 계속 머뭇거리다가 편하게 말해보라고 몇 번이나 멍석을 깔아준 후에야 입을 열었다. 한동안은 무슨 말인지 알아들을 수 없었고, 유이가 짜증을 내고 나서야 준비해놓은 듯한 말이 흘러나왔다.

"사귀어달라고 하는 거 아니에요. 다만 나는 당신에게서 본 게 있고, 그게 뭔지 안다고 말하고 싶었어요. 당신이 아무리 숨기려고 해도 누군가는 보고 있다는 것을, 세상 어딘가에는 그런 사람도 있다는 것을 알려주고 싶었을 뿐이에요."

저쪽에 혼자 앉은 남자의 친구가 힐끗힐끗 쳐다보며 입꼬리에 웃음을 매달고 있는 게 보였다.

"나는 그게 뭔지 아니까, 내가 채워줄 수 있다는 것도 알아요. 당신이 혼자라고 생각하지 않아도 된다는 말을 해주고 싶었어요. 세상 모든 사람에게는 혼자가 아닐 자격이 있으니까요."

남자는 고개를 숙이고 말하느라 나를 보지 않았다. 나는 남자의 친구 쪽으로 고개를 돌려 친구가 나를 볼 때까지 기다렸다. 친구는 나와 눈이 마주치자마자 웃음기를 지우며 아무것도 없는 허공으로 눈을 돌렸다.

이제 나를 보고 있는 건 지나와 유이뿐이었다. 남자애는 늘어나는 치즈처럼 말했지만 그것도 길지 않았다. 나는 남자애가 또 다른 치즈를 꺼내기 전에 물었다.

"혹시 외계인 믿어요?"

"네?"

남자애는 그제야 고개를 반쯤 들었다.

"손 좀 내놔봐요."

남자애는 순순히 손을 내놓았다. 내가 왼손으로
남자애의 손을 조금 당겨 잡자 남자애가 의외라는 듯 약
간 웃는 얼굴을 했다. 남자애가 웃는 동안, 나는 오른손
으로 빛의 단검을 불러내었다. 상한 데가 없고 손금이
단순한 손바닥 한가운데에 작게 열십자 모양을 새겼다.

　　남자애는 자신이 무슨 일을 당했는지도 모르고
한동안 히죽거렸다. 혼자서 술잔을 두어 번 홀짝거리고
나서야 무엇에 물린 듯한 표정을 지었다. 유이는 남자애
의 손바닥에 피가 번질 때를 기다려 깜짝 놀란 척했다.

　　"악, 얘 피나!"

　　손바닥을 확인한 남자애가 처음으로 나를 똑바
로 쳐다보았다. 아직 아무 감정도 형성되지 않은 마음의
먼지구름 같은 것이 눈동자 속에 가득 차 있었다. 달려
온 친구가 남자애의 손바닥과 우리를 번갈아 보며 의혹
의 눈빛을 드러냈지만 너희가 어쩔 거지. 여기는 시시티
브이가 없고 상처를 낼 물건도 없지만 증인은 사방에 있
지. 모든 사람이 잘은 모르지만 남자애가 헌팅을 하다가
잘되지 않자 자해한 것 같다고 말할걸, 하고 생각하는데
옆자리에 있던 아저씨가 갑자기 외쳤다.

　　"성, 성흔이다!"

남자애는 곧 사람들에게 둘러싸였고 우리는 그 사이 술집을 빠져나왔다. 유이가 주위를 빙빙 돌며 춤을 춰서 지나와 나도 덩달아 발걸음이 경쾌해졌다.

　　"우리 그거 하자."

　　내가 말하자 유이가 춤을 멈추었다.

　　"뭘?"

　　나는 지나와 유이의 팔짱을 끼고 다시 걷기 시작하며 대답했다.

　　"그거, 나쁜 귀신 쫓는 거."

무지개
빗자루

그들이 괜찮아지는 것을 보면서
우리도 괜찮아졌어

뜸은 우리와 달리 정규직이었다. 보안 회사에서 코더로 일하고 있었다. 뜸이 사는 집은 우리 셋이 사는 집보다 컸고, 다른 데도 마찬가지지만 무엇보다 욕실과 주방이 깨끗하고 좋았다.

우리는 일요일, 월요일이 노는 날이었다. 별일이 없으면 일요일 낮에 뜸의 집에 가서 월요일 늦게 집으로 돌아왔다. 치우는 데 이골이 나 있었으므로 이틀 동안 먹고 마시기만 했다. 물론 목욕도 하고 종종 요리도 했지만 치우지는 않았다. 뜸의 저항은 잠깐이었다. 잠깐일 수밖에 없었다. 유이는 현관 도어록을 열 수 있고, 뜸이

자물쇠를 채운다 해도 벽을 통과하는 지나까지 막을 수
는 없었으니까.

　　유이가 컴퓨터나 수집품을 망가뜨릴까 봐 다른
곳은 갈 생각도 못 했다. 온종일 세 살배기 엄마처럼 우
리 뒤를 쫓아다니다가 월요일에는 덜 꺼진 숯불처럼 돼
서는 출근하고, 남은 일주일 내내 우리의 만행에 항의
하는 영상과 문자를 보냈지만 우리는 알고 있었다. 뮴이
사실은 우리가 오는 걸 좋아한다는 사실을.

　　우리가 퇴마를 하겠다니까 뮴은 더 좋아하는 것
같았다. 혼자서 홈페이지까지 만들어놓았다. 무슨 생각
으로 만들었는지는 모르지만.

　　"내가 몰래 해야 한다고 했지. 벌 떼, 파리 떼, 모
기 떼 죄다 불러 모을 일 있냐?"

　　"의뢰인을 그렇게 부르지 마라."

　　"아예 온몸에 설탕을 발라라. 외계인 감시국 요
원들 다시 보고 싶냐? 외계인 사냥꾼도? 어세서들까지
죄다 그립니?"

　　"우리는 외계인 아니다."

　　"우리가 아니라면 아닌 거냐? 걔네가 기라면 긴
거지?"

유이가 뜸을 닦아대는 동안 나는 좀 우울해졌다. 역시 우리 같은 애들한테는 무리였나. 우리는 그냥 물속의 괴물처럼 사는 게 어울리는 아이들인가.

"추적 안 되는 사이트를 만들면 된다. 우리의 도움이 꼭 필요한 사람을 찾아내서 본인이 눈치채지 못하게 우리 쪽에 관심을 갖도록 유도할 수 있다. 전문용어로 마인드 트래킹이라고 하는데, 뜸이 그런 거 잘한다."

뜸은 자신을 삼인칭으로 칭하는 버릇이 있었다. 자신 있는 일에 대해서 말할 때는 어김 없이 그랬다.

"마인드 뭐시기는 무슨, 그냥 피싱이겠지. 형사질 오래 하면 반 깡패 된다더니……."

유이가 말끝을 흐리는 건 맘에 들었다는 뜻이었다. 얼굴은 탐탁잖다는 표정을 짓고 있었지만 입 끝은 전갈 꼬리처럼 휘어 있었다. 역시 우리 뜸이야, 하는 것처럼.

"이름을 정해야 한다."

"그냥 하면 되지 이름이 왜 필요해?"

"유령 사이트에도 이름은 필요하다."

유이는 허공에 대고 잠시 눈을 깜박깜박하더니 말했다.

"글쎄……. 우리는 공간 같은 게 있으면 안 되니까 '찾아가는 퇴마 서비스'?"

"그건 설명이지 이름으로는 부적절하다."

똑똑하다고 생각한 것도 잠깐, 믐은 그새 헛발을 짚었다.

"믐 생각에는…… 빗자루 어떠냐."

"뭐?"

"중세 시대 마녀가 검은 옷에 빗자루를 든 이유는?"

"알고 싶지 않아."

"사실 마녀는 의사거나 과학자였다. 위생 관념이 높아서 자주 청소를 했는데……."

종종 그랬듯, 유이가 믐의 등짝을 치기 시작했다.

"지금 우리가 마녀라는 거냐?"

"마녀가 아니라는 얘기다."

"그럼 청소 안 한다고 갈구는 거냐?"

유이는 그날 창단 파티를 한답시고 정체불명의 요리를 시도했고, 믐이 키우는 올리브 나뭇잎을 허브라면서 알뜰히 따 넣었고, 편의점에서 사 온 맥주에 믐의 수집용 양주를 섞어 폭탄주를 만들어 먹고, 자신의 뒷수

습을 하느라 분주히 집 안을 오가는 픔을 자꾸만 붙잡아 춤을 추었다. 처음으로, 단 한 번도 유체 이탈을 하는 일 없이 술기운에 고이 잠들었다. 픔에게는 미안하지만, 유이는 행복해 보였다.

유이를 건넌방에 누인 픔이 침실 안으로 사라지자 거실에는 지나와 나만 남았다. 지나와 나는 밀물과 썰물을 아슬아슬하게 오가며 술을 마시고 있었다. 지나가 무슨 말을 할 거라고는 생각했다. 우리의 계획을 묵인한 거지, 자신의 의견을 말한 적은 없으니까.

지나는 반대하는 건 아니라는 표시로, 딱 그만큼만 미소를 머금고 나에게 물었다.

"왜 하려는 거야?"

"죽일 거 같아서."

별생각 없었는데 대답이 곧장 나와버려서 나는 스스로에게 좀 놀랐다.

"누굴?"

"아무것도 안 하고 있으면 누구든 죽이게 될 것 같아서."

지나의 얼굴에서 웃음기가 가셔서 반대하는 말을 할 줄 알았는데.

"죽이면 되지."

"뭐?"

"나쁜 놈만 찾아서 죽이면 되잖아. 그게 이거보다 훨씬 쉽지 않아? 어차피 너는 완전범죄를 할 수 있는데."

그런 거라면 이미 여러 번 생각해봤지. 머리맡에 실타래가 쌓여 숲이 생길 정도로.

"좋은 놈인지 나쁜 놈인지, 그런 거 판단하기 싫어서."

세상 모두가 우리를 판단하려고 들어서 우리가 이렇게 된 거니까.

"퇴마는 퇴마니까 그냥 하면 되잖아. 판단도 안 하고, 최대한 안 죽일 거야."

지나의 눈망울이 조금 부풀어 있었다.

"죽이고 싶지 않아도, 칼을 멈출 수 없을 때가 와."

"……."

"안 넘어지려고 칼을 휘두를 때도 있거든. 넘어지면 상대방 칼에 내가 죽으니까."

지나는 내 눈을 보았다 말았다 하더니 고개를 끄

덕였다.

"대신, 우리한테 조금이라도 위험한 일 생길 것
같으면 관두기다. 이 정도는 지킬 수 있지?"

우리는 건배를 하듯 서로의 손목을 교차했다. 약
속을 하는 우리만의 방식이었다. 말로 하는 것보다 더
진지한 약속이 필요할 것 같을 때. 하지만 우리가 키우
는 진지함은 매사에 장난기가 많았다. 자신에게 어울리
는 역을 맡는 걸 세상 지루하게 생각하는 도전 정신 투
철한 배우 같았다. 일이 많이 들어올 리 없는 배우였고,
들어와봤자 난이도만 높고 주목받기는 글러먹은 역할
만 맡았다. 듬은 그 배우의 매니저였고.

*

— 뭐가 보여?

— 아니, 전혀.

듬이 처음으로 찾아낸 사람은 삼십 대 개발자였
는데 제대로 잠을 못 잔 지 팔 개월쯤 되었다고 했다. 시
작은 사소한 층간소음이었다. 새벽 두 시와 세 시 사이
에 윗집에서 나는 창문 여닫는 소리에 매번 잠에서 깼

다. 불면에 지쳐 이제 좀 잠이 들겠다 싶으면 기상 알람이 울리곤 했다. 남에게 싫은 소리 하기를 싫어하는 그는 삼 개월이나 참다가 관리실에 항의했는데 윗집이 이사를 나가 텅 빈 지 한 달쯤 되었다는 얘기를 들었다.

윗집이 아니라 윗집의 옆집인 건가. 합리적인 의심을 해보기도 전에 아무 때나 창문 열리는 소리가 나기 시작했다. 아파트가 아닌 곳에서. 사무실뿐 아니라 길거리에서도.

유이가 한숨을 쉬며 물었다.

"그게 다냐?"

"그건 시작에 불과했어요."

남자는 수면이 절대적으로 부족하다 보니 일하다가 잠드는 일이 많아졌다. 게임 회사에서 야근은 이상한 일이 아니었지만 남자는 거의 매일 늦게까지 남아 있어야 했다. 하루는 야근 중에 잠들었다 일어났는데 이상한 일이 벌어져 있었다. 남자가 자는 사이에 누군가가 남자의 일을 다 해놓은 거였다. 그날 밤 하려고 마음먹은 일뿐만 아니라 일주일 분량의 일까지 죄다.

"천재적인 코딩이었어요."

"코딩이 뭐냐?"

"프로그램의 명령문을 쓰는 일이에요. 비슷한 프로그램이어도 회사마다 코딩 방식이 다 다른데 알고 보니 그건 다른 회사의 몇 년 전 코딩 방식이었어요. 그 회사에서는 몇 년 전에 야근하다 자살한 프로그래머가 있었고요."

"자살한 사람이 대신 프로그램을 짜줬다는 거냐?"

"네, 내 몸을 이용해서요. 지금은 항상 그래요. 아무 생각을 안 해도 손가락이 저절로 움직여요."

"……."

"코딩하다 죽은 귀신이 씐 게 틀림없어요."

남자는 병원도 다녀보고 무당도 찾아가봤지만 소용이 없었다. 그러는 사이 귀신의 힘은 점점 더 강해져 자신의 손이 한 일을 전혀 기억하지 못하는 지경에 이르렀다.

"누가 일 대신 해주면 좋은 거 아니냐?"

"그분이 오지 않으면 일을 할 수가 없다고요. 그렇다고 잠을 잘 수 있는 것도 아니고요."

남자의 몸속에는 남자의 빛무리 몸만 있었다. 다른 빛무리 몸은 보이지 않았다. 유독 머리 부분이 전광

판처럼 화려하게 빛나고 있었다. 신호등처럼 점멸하는 원색과 원색 사이에 작게 선홍빛이 웅크리고 있었는데, 그 빛이 남자가 원래 가진 빛일 거라고 나는 짐작했다.

미안하지만, 우리가 남자에게 해줄 수 있는 일은 없어 보였다. 당신은 빙의된 게 아니라고 말해주는 것밖에. 하지만 이미 무속 쇼핑에 중독된 남자는 우리의 말을 믿지 않았다. 우리를 실력 없는 풋내기 무당쯤으로 치부했다.

"난 또 강신무쯤 된다고. 너희 무당 학원 출신이지?"

유이는 일하는 와중에도 분통을 터뜨렸다. 엉뚱한 의뢰인을 만난 것보다 의뢰인에게 무시당한 게 더 화가 나는 모양이었다. 일주일이 지나기도 전에 남자를 다시 만나야겠다고 고집을 부렸다. 지나와 나는 못 들은 척했지만 름은 남자에게 연락했고 비웃음과 함께 더 노골적인 거절을 당했다. 름은 남자의 반응을 최대한 순화해서 전달했지만 남자가 유이의 재방문을 받아들이지 않은 것만으로도 이미 유이의 분노 방아쇠를 당긴 셈이었다.

"이게 감히 나를 거부해?"

주말이 되자 유이는 남자의 집을 급습했다. 현관 도어록을 열고 무단침입을 한 다음 눈이 동그래진 남자 앞에서 픽, 쓰러져버렸다.

유이는 유체 이탈해서 남자의 빛무리 몸을 육체 밖으로 끄집어냈다. 마치 물속에 빠진 사람을 건져내는 인어처럼 유이의 안개 몸은 하늘로 날아오르는 게 아니라 헤엄쳐 오르는 것처럼 보였다.

유이는 남자를 배려해서 너무 높지 않게 빌라 주변만 한동안 날아다녔다. 다시 돌아왔을 때 남자는 빛에 세탁되어 있었다. 옅은 선홍빛으로 물든 빛무리 몸이 갓 튄 잎사귀처럼 싱그러웠다. 남자는 신의 은총이라도 입었다는 듯 자신의 손과 팔과 몸을 둘러보더니 다시 울음을 터뜨렸다.

"이제 너의 모든 죄가 깨끗이 씻겼도다."

"감사합니다. 정말로 감사합니다, 만신님."

"우리를 본 건 비밀로 해야 한다. 누구에게든 말할 시에는 하늘에서 불벼락이 내릴 것이야."

"깊이깊이 명심하겠습니다. 삼신님. 아니, 옥황상제님."

그 후로도 듐이 찾아낸 사람들은 대부분 빙의가

아니었다. 마음 깊은 곳에서 자기 자신을 미워하고 있는 사람들일 뿐. 엉뚱하게도, 우리의 도움을 가장 필요로 하는 사람들이기도 했다.

잠꼬대로 뭐든지 솔직하게 말하기 시작한 남편, 낮에는 명랑한데 밤만 되면 욕설을 퍼붓는다는 아내, 사람이 많은 곳에 가면 유령이 보인다는 소년, 술만 마시면 죽은 아빠가 자신의 몸을 빌린다는 딸.

고양이들의 대화가 선명하게 들린다는 집사, 여자 귀신과 동거하게 된 후로 쇼핑 중독이 되었다는 모태솔로, 셀카를 찍으려고만 하면 자신 안의 다른 영혼이 보인다는 중학생, 핸드폰만 하면 누군가 어깨를 툭툭 쳐서 놀라게 된다는 고등학생, 빙의 증상은 없는데 매일같이 빙의를 걱정하게 된 재수생.

언제부터인가 진지한 장면만 보면 웃음을 참을 수 없다는 직장인, 인간의 가청주파수를 벗어나는 소리가 들리게 된 작곡가, 손가락만 보면 썰고 싶어서 못 견디겠는 주방장, 사람들을 만나고 오면 기억이 사라지고 오른쪽과 왼쪽 동공의 크기가 달라진다는 프리랜서, 노래방만 가면 영혼의 그림자와 귀신의 음성이 녹화된다는 가수, 지인들에게 보내서는 안 될 문자를 보내고 까

맑게 잊어버리는 선생님.

화를 낼 데가 없거나, 세상에서 숨고 싶거나, 몰두할 게 필요한 사람들.

유이가 육체에서 잠시 꺼내어주는 것만으로도 그들은 괜찮아졌다. 지나가 몸에 손을 넣어주는 것만으로도 아픈 데가 말끔히 사라졌다. 마음을 햇빛에 잠깐 널어주는 것만으로도, 빛무리 몸의 숨구멍을 잠시 틔어주는 것만으로도 사람들은 다시 자기 자신을 믿을 수 있었다.

물론 우리를 만나기 전에 이미 신념으로 가득 찬 경우도 있었지만. 불안에 지쳐 스스로 자신만의 믿음을 만들어버린 사람들.

우리에게 연기를 해달라는 유별난 주문을 한 남자가 있었다. 퇴마사를 불렀다고 하면 아내가 발작을 일으킬지도 모르니, 외계인을 추적하는 FBI 요원 같은 걸로 해달라는 거였다. 우리 같으면 왜 하필 외계인이냐고 물었을 텐데, 믐은 적절하지도 유용하지도 않은 대답을 했다.

"FBI가 아니라 외계인 감시국입니다."

"아, 아내가 좋아하는 옛날 미드가 있어서……."

두 사람은 동갑이고 사십 대 중반에 결혼했다. 애초의 걱정과 달리 이 년 만에 임신을 했고 석 달 전 아이를 순산했다. 아내는 무난하게 살아온 사람이고, 결혼 생활은 대체로 봄날 같았으며, 임신기간에 별다른 일이 있던 것도 아니라고 남편은 말했다.

아내가 이상해진 건 아이를 낳은 뒤부터였다. 아내는 침대에서 낯선 냄새가 난다고 말하기 시작했다. 처음에는 아이 냄새와 전혀 다르다고 말하더니 얼마 후에는 아이가 이상한 냄새에 물들었다며 하루 내내 냄새를 피해 집 안을 돌아다녔다. 병원에서는 산후우울증이라며 약을 처방해주었지만 아내는 후각을 마비시킬 거라며 입에도 대지 않았다.

"사람이 별일도 없이 갑자기 이상해질 수도 있는 건가요?"

라이프스타일 플랫폼의 사진을 그대로 옮겨놓은 듯한 집의 풍경이 생각난다. 여자의 한 듯 만 듯한 컬러, 소박한 디자인이지만 절대 소박한 가격일 리 없는 원피스도, 우아한 맛이 나던 홍차와 섬세하게 금박이 입혀진 접시도 모두 자연스럽게 어우러졌다.

자연스럽지 않은 건 우리를 대하는 여자의 자연

스러운 태도였다. 그리고 흠결 하나 없이 깨끗하지만 고장 난 형광등처럼 깜박이던 여자의 빛무리 몸.

"아시고 왔겠지만, 저 아이는 내 아이가 아니에요."

남자가 화장실에 간 사이, 여자는 안방을 가리키며 우리에게 말했다. 요원 역할이 제일 잘 어울리는 지나가 노련한 표정으로 여자를 바라보며 물었다.

"그렇게 생각하시는 이유는요?"

"아이한테서 지독한 냄새가 나더니, 이제는 아무 냄새도 안 나요."

"그럼 본인 아이는 어디에 있죠?"

그때쯤 남자가 돌아왔고 여자는 자리에서 벌떡 일어섰다. 남편이 서 있는 반대편으로 천천히 뒷걸음질 치며 말했다.

"저자가 데려갔어요."

"어디로요?"

"자신의 비행접시로."

"……."

"내가 모를 줄 알았지? 남편은 냄새가 많이 나는 사람이야. 하지만 너희한테선 아무 냄새도 나지 않지."

여자가 너무 자신 있게 말해서, 나는 여자의 말을 믿을 뻔했다.

"남편은 사고를 많이 치는 사람이야. 요리하다 불을 낸 적도, 쓰레기로 퇴비를 만든다더니 화초를 다 죽인 적도, 식기세척기 세제를 넣고 세탁기를 돌린 적도 있어."

남자는 잔뜩 겁에 질려, 움직이는 법을 잊어버린 사람 같았다.

"너처럼 모든 것을 깔끔하게 정리하지 않아. 너처럼 매일 정확한 시간에 일어나지 않아."

말보다는 분위기에 민감한 편이라 나는 공포영화를 보는 기분이었는데, 지나는 우리를 돌아보며 웃고 있었다. 걱정하지 마, 이런 경우는 내가 잘 알아, 하는 표정이었다.

지나는 찻잔을 든 채 일어섰다.

"잠깐만."

여자를 향해 어색하게 고개를 꺾으며 말했다.

"당신이 아직 외계인을 못 본 모양인데……."

지나의 팔에 무지갯빛이 돌더니 찻잔 쪽으로 옮겨 갔다. 찻잔은 뒤집히지도, 흔들리지도 않았지만 잠시 후 밑으로 차가 쏟아졌다. 바닥에 작은 구멍이 뚫린 것처럼, 티 테이블 위에 가느다란 물줄기가 떨어졌다.

"우리는 아직 당신의 아이와 남편을 잡아가지 않았어. 당신의 동의를 얻는 게 먼저거든."

우리는 여자의 빛무리 몸이 환해지는 것을 보았다. 마법사의 연기 같은 것이 피어올라 몸속에 소용돌이치는 것도 보았다.

"꿈도 꾸지 마. 가까이 오지 마."

여자는 거실 구석에 있던 진공청소기를 뽑아 들었다. 지나를 향해 청소기를 마구 휘두르며 안방으로 들어가더니 애를 안고 나왔다. 그 짧은 시간에 아기 힙 시트까지 메고, 완벽한 자세로 우리에게 가스총을 겨냥한 채 얼이 빠진 남편의 몸을 밀며 말했다.

"뭐 해. 빨리 가서 차에 시동 걸어."

물론 우리는 뒤쫓아가지 않았다. 거실을 청소하고, 설거지까지 깨끗이 해놓은 다음 조용히 문을 닫고 나왔다. 아파트 단지를 벗어나자마자 지나에게 물었다. 왠지 밖으로 나와서 물어봐야 할 것 같았다.

"저 여자가 저렇게 할 거, 어떻게 알았어?"

그날은 빙긋 웃을 뿐 대답하지 않더니 며칠 뒤 다

시 묻자 지나는 멋쩍은 표정을 지으며 입을 열었다.

"예전에 어세서들이랑 한참 싸울 때, 아무 일도 없으면 불안해서 미칠 지경이었거든."

"싸울 때 불안한 게 아니고?"

"싸울 때는 오히려 괜찮았어. 그래서 싸움을 기다리는 마음도 있었지."

"……."

"무언가를 지키고 싶은데 어떻게 해야 할지 모르면 사람은 정신이 나가게 돼 있어. 싸울 때는 오히려 괜찮지. 무슨 행동을 해야 할지 정확히 아니까."

나는 무엇을 지키고 싶었냐고 지나에게 묻지 않았다. 이미 알고 있으니까. 이상하다고 생각한 적도 없으니까. 나를 신경 써서 '누구'가 아니라 '무엇'이라고 말해준 지나의 배려에 감사할 뿐.

여자는 그 후로 지금까지 별문제 없이 잘 살고 있다고 들었다. 그렇게 무서워하던 외계인을 보았는데도, 아니 보았다고 생각할 텐데도.

남편은 한 달쯤 후 뮴에게 메시지를 보냈다. 이사를 했고, 아주 가끔씩 이상한 말을 하지만 아내는 괜찮아졌다고. 어떻게 그런 묘기를 부린 건지 모르겠지만 평생 고마워하겠다고. 남편은 아마도 우리를 마술사 정도로 결론 내린 모양이지.

　　뭐라고 생각하든 상관없었다. 우리가 누구든, 어디에서 왔든 당신들이 괜찮아지는 것을 보면서 우리도 괜찮아졌어. 폭풍우가, 나비의 날갯짓이 돼가고 있었지.

데커

내 상처는 내 것인데,
왜 아직도 네 손아귀에 있는 거지

여름이 가고 가을이 되자 의뢰가 줄더니 어느 순
간 뚝 끊겼다. 마음이 아픈 것도 계절을 타나, 가을에 쓸
쓸한 사람이 많아야 정상 아닌가 하고 있었는데 믐은 우
리 계정에 후기가 없기 때문이라고 했다.

"또 그 얘기냐? 동네방네 자랑하자고?"

"우리가 못해서가 아니라는 얘기일 뿐이다."

"당연한 걸 왜 얘기하냐?"

계절은 우리가 타는 것 같았다. 여전히 바쁜데,
바쁜 와중에도 우리는 조금씩 우울해졌고 알 수 없는 불
안에 시달렸다. 아무 일도 없는데 왜 불안한지 하루에도

수십 번씩 나 자신에게 물어봐야 했다.

유이는 웬만하면 유체 이탈 중이었고 지나는 오토바이를 타고 밤 외출을 나가는 일이 잦았다. 픔의 집에는 화분이 점점 더 늘었다. 화분이 늘수록 픔의 말수는 줄어들었다. 한동안 우리는 서로 감정싸움이라도 한 것처럼 지냈다. 싸우긴 싸웠는데, 어디서부터 풀어야 할지 몰라 흐지부지된 애들처럼.

새 의뢰가 들어온 것은 기상이변에 가까운 눈이 내린 며칠 후였다. 아직 가을인데 눈이 내려 쌓였고, 분명 가을인데 봄 같은 날씨가 찾아와 눈을 다 녹여버렸다. 각자 떨어져 앉아 있던 우리를 픔이 자신의 컴퓨터 방으로 불러 모았다. 다른 방이면 몰라도 컴퓨터 방만큼은 절대 공개하지 않던 픔이었다.

"이번에는 진짜 같다."

"뭐가?"

픔이 무려 여섯 개의 모니터에 각각의 자료를 띄우며 말했다.

"이번에는 진짜 빙의 같다."

중학생의 엄마라는 여자는 얼굴과 온몸에 상처가 나 있었다. 자물쇠가 바깥에 달린 방문을 열자 불빛이 깜박거렸다. 영상은 방의 중앙을 보여주지 않았지만 우리는 침대의 옆 자락이 움직이는 것으로 침대에 누군가가 누워 있음을 알 수 있었다. 침대 시트는 그냥 움직이는 것이 아니라 폭풍을 만난 파도처럼 물결치고 있었다. 침대의 측면은 아무것도 없이 텅 비어 있었는데 우리는 벽의 콘센트에서 플러그가 저절로 뽑히는 것을 보았다. 그리고 암전.

"연출 아니야?"

"우리에게 보내려고 이런 걸 찍을 사람은 없다."

"추측하지 말고."

"이미 검토해봤다. 조작의 흔적은 찾을 수 없었다."

평소에는 하지 않던 질문을, 우리는 왜 그렇게 많이 했을까.

"빙의된 사람은 누군데?"

"중학생 딸이라고 한다."

"영상에는 왜 안 보여주는데?"

"자기 딸인데 누가 공개하고 싶겠어."

믐 대신 지나가 대답했고, 믐이 한 박자쯤 뒤늦게 덧붙였다.

“우리가 일을 수락해야 주소를 알려주겠다고 한다.”

한동안 우리 중 누구도 말을 하지 않았다. 영상대로라면 일반적인 영혼이 씐 게 아니라 데커일 가능성이 높았다. 지구인의 빛무리 몸으로는 영상에서 본 것과 같은 초자연적 현상은 일으킬 수 없으니까. 믐은 지나와 유이의 얼굴을 차례대로 살폈다. 내 얼굴은 그냥 지나갔다. 유이는 지나의 얼굴만 보고 있었다.

지나는 시선을 느끼자마자 방을 빠져나갔다.

“이건…… 안 돼.”

“안 될 건 또 뭐냐?

뒤쫓아 간 유이가 반박하자, 지나의 눈빛에 힘이 들어갔다.

“만약에 데커면? 건드렸다가 다른 이즈비까지 쫓아오면?”

“그 정도면 강박 아니냐? 지난번에는 사기꾼한테 속은 거잖아.”

사기꾼은 교장을 뜻했다. 어세서의 수장. 그는 양쪽을 모두 속여 이즈비들과 애들을 서로 싸우게 했었다.

“그 정도 당했으면 강박을 가지는 게 맞지.”

"중학생한테나 빙의하는 잡범한테? 이즈비들도 잡으러 다니고 있을걸?"

"그게 문제잖아. 이즈비들이 데커 잡으려다 우리까지 잡을까봐."

나는 조심스럽게 끼어들었다. 내가 유이 편을 든다고 지나가 생각하는 건 싫었으니까.

"애초에 그냥 빙의면 우리가 할 필요는 없었던 거잖아."

"그게 무슨 뜻이야?"

"내 말은……."

"이게, 데커 잡자고 시작한 일이었다고?"

"……."

"너는 그랬어?"

설득하려고 한 말이었는데, 지나가 나를 바라보는 눈빛에 촛불 같은 게 켜져 있었다.

"넌 몰라."

응, 난 몰라. 너희들이 한참 싸울 때 나는 교장에게 빛무리 몸을 납치당한 상태였으니까. 이곳의 나는, 나의 육체는 텅 빈 상자와 같았으니까 나는 모르지.

"앞으로도 모르는 게 좋고."

"겪어봐야 알지."

"안 겪을 수도 있는데 왜 겪어!"

지나는 타오르면서 흘러내리고 있었다. 나는 지나의 마음이 약한 걸 아는 사람이니까 그만했어야 했나. 너는 모진 아이가 아니니까 설득할 수 있다고 생각한 건, 사실은 너의 약한 마음을 이용하려는 나의 이기심이었을까.

"이번에는 우리가 아니라 아이 살리자고 싸우는 거니까 좀 다르지 않을까?"

지나가 내 말끝을 사납게 낚아챘다.

"뭐가 달라. 우리도 널 살리느라 싸운 거였는데."

지나는 말을 내뱉고 나서야 실수했다는 걸 깨달은 모양이었다. 눈동자 속에 들어 있던 촛불이 휘청하더니 연기를 내뿜으며 꺼졌다.

"다희야……."

마음보다 몸이 먼저 돌아섰다. 무의식적으로 나온 말인 건 알았지만, 무의식 속에 담겨 있던 말이어서 가슴을 더 깊이 찔렀다.

"다희야……."

나는 지나를 향해 의식적으로 몸을 돌렸다. 조금

눈물이 났지만 울음을 터뜨리지는 않았다.

"아니야, 괜찮아. 이 얘기는 그만하자."

무의식에 찔리면 마음이 흘러나와. 피도 아니고, 감정도 아닌 것이 가슴에서 줄줄 새. 뜨거운 것이 왈칵 왈칵 쏟아져 나오는데 내 기분은 점점 차가워지지. 감정이 아니라 기분이 차가워져. 기분이라는 건 변해야 하는 건데 변해야 기분이라고 할 수 있는 건데 그게 강물 속의 돌멩이처럼 되어버려. 가슴속이 어떻게 흐르든 그 안에 무엇이 살고 있든 구경꾼이 되는 거지. 내 안의 모든 움직이는 것들에 대한 구경꾼.

화가 나는데, 화가 나지 않았다. 내가 교장에게 잡혀 있지만 않았으면 애들이 영혼까지 걸고 싸울 필요는 없었을 테니까. 나 때문에 아인이는 우리가 사는 우주의 바깥으로 떠났다. 수천 번을 태어나도 다시 만날 수 없는 곳으로.

지나는 몇 번이나 아인이의 목숨을 살렸다는데, 나는 아인이의 목숨을 수천 번이나 미리 앗아버렸네.

지나가 나를 미워하는 건 당연했다. 아인이를 사랑했으니까. 남몰래, 혼자서. 한 번도 나에게 말은커녕 티조차 내지 않았지만 나는 알고 있었다. 아인이 얘기만 나오면 지나는 나에게서 눈을 돌리거나 더 이상 나를 보고 있지 않았으니까.

널 살리려고만 안 했으면 아인이가 죽는 일은 없었어, 지나의 무의식은 나에게 그렇게 말한 것이나 다름없었다.

나는 일하면서 실수를 하는 일이 잦아졌다. 물건을 옮기다가 걸음이 꼬였고, 머릿속이 산만해서 바코드도 잘못 찍었다. 고깃집에서는 테이블 도는 속도가 자꾸 뒤처졌다. 아마도 교장에게 납치당한 때를 생각했던 것 같다. 생각했다기에는 흐릿하게 잘 떠오르지 않는 것들뿐이지만.

나는 그때 왜 편안하다고 느꼈을까. 어떻게 다 괜찮을 거라고 안심할 수 있었을까. 아마도 내가 원치 않는 것을 원하고, 믿지 않는 것을 믿고, 누군가에게서 주어진 감정을 나의 감정이라고 느끼며 괜찮다고 생각했겠지. 마치 수족관에서 태어나 자라난 돌고래처럼. 바다에서의 일은 하얗게 잊어버린 채.

하지만 종종 가슴이 쥐어짜지듯 아팠다는 기억은 있다. 말라버린 강바닥에 물살의 흔적이 새겨지듯 마음 밑바닥에 새겨진 상형문자를 해독하지 못해 내가, 나의 존재가…….

"다희야!"

고깃집에 손님이 한참 많을 때였다. 나는 순간적으로 내가 무얼 하려고 했는지 기억이 안 나 멍청해져 있었다. 지나가 어떻게 알아챘는지는 모르겠다. 내가 서 있는 바로 옆 테이블 화로에 불이 나자 손님이 물을 부은 모양이고, 미처 불이 번지기도 전에 지나는 내 이름을 날카롭게 부르며 뛰어왔다. 미식축구 선수가 상대편 선수를 넘어뜨리듯 거친 동작이었는데 하나도 아프지 않았다. 사람들은 눈치채지 못했겠지만 지나는 살짝 활성화하여 마치 솜으로 감싸듯 안전하게 나를 가게 구석으로 옮겨놓았다.

그 사이 손님이 물을 부은 화로는 기름이 산화하며 더 큰불을 일으켰고 갑자기 솟아오른 불은 연통 속으로 빨려 들어가 오래된 기름때를 일제히 발화시켰다. 수년간 청소를 한 번도 안 한 연통 세 개가 한자리에 모이는 곳이 하필 내가 물끄러미 서 있던 자리였고, 연통 세 개가 모이는 병목이 열기와 압력을 버티지 못하고 폭발하리라는 것을 지나는 알았던 거였다.

뚜웅, 소리가 나면서 내가 서 있던 자리 위로 불

덩이가 뚜욱, 떨어졌다. 한 번도 아니고 두 번 세 번 반복해서. 연통을 따라가며 곳곳에 불이 났고 손님들이 뛰쳐나가면서 가게는 순식간에 아수라장이 되었다.

　다행히 다친 사람은 없었지만 화재를 완전히 진압하는 데는 십여 분이 더 걸렸다. 가게 앞 골목으로 장소가 바뀌기는 했지만 지나는 그때까지도 나를 반쯤 안고 있었다.

　따듯하다고 생각했다. 더운데 따듯했다. 지나의 품속에 있는 게 좋아서 한동안 고깃집의 불길에 정신이 팔린 척했다. 사장이 마치 나비 떼를 잡는 개구리처럼 펄쩍펄쩍 뛰어다니는 모습이 볼만하기도 했지만.

　"어떻게 알았어?

　"일주일 내내 그런 표정인데 몰라?"

　"아니, 그게 아니라…….

　나는 연통이 터질 걸 어떻게 알았냐고 물은 거였는데.

　"종일 쳐다보게 하더니 이유가 있었네?"

　나는 민망해져서 내 몸에 닿아 있던 지나의 팔을 풀어냈다. 지나는 그제야 내 질문에 답을 했다.

　"나 활성화되면 선견지명 생기잖아."

"가게에서 활성화하고 있었다고?"

"네가 그러고 있으니까 그렇지."

지나는 무지개 몸이 되면 가까운 미래를 볼 수 있었다. 수십 명이 덤벼도 지나를 당해낼 수 없는 이유였다. 하지만 그건 싸울 때고, 가게에서 활성화하는 건 우리 모두 하지 않기로 한 금기 사항 아니었나.

"그나저나 우리는 유급휴가도 없고, 당분간 부업을 좀 찾아봐야겠네."

"무슨 부업?"

"아니 뭐…… 좋은 일 하면서 돈을 받겠다는 건 아니고."

지나는 데커 잡는 일을 하자고 간접적으로 말하는 중이었다. 나는 지나에게 보이지 않게 고개를 살짝 돌려 웃으며 말했다.

"난 많이 받자고 할 건데? 이번에는 진짜 퇴마라잖아."

*

춥기는 해도 청량한 날씨의 밤이었는데, 단지에

들어서자마자 가슴이 좀 답답한 기분이 들었다. 엘리베이터 두 대가 다 작동하지 않았다. 유이가 유체 이탈해서 움직여보려고 했지만 소용없었다. 의뢰인의 집은 초고층 아파트의 꼭대기 층이었다.

음이 몸 앞으로 팔짱을 단단하게 끼더니 말했다.

"음은 못 올라간다."

"그럼 넌 차에서 대기해. 유이도."

"나는 왜 여기 있냐?"

"어차피 유체 이탈할 거잖아. 음은 유이 잘 지키고."

지나의 말이 맞았다. 유이는 안개 몸으로 따라오면 되고, 음은 그동안 유이의 육체를 지키는 편이 나을 것 같았다. 지나와 나는 계단실로 이동했다. 지나가 무지개 몸으로 나를 안고 천천히 날아올랐다.

문이 열리는 데는 시간이 좀 걸렸다. 여자는 문을 열자마자 황급히 우리를 안으로 들였다. 우리를 돌아보지도 않고 자물쇠부터 잠갔다. 문에는 자물쇠가 다섯 개나 달려 있었다.

실내는 텅 비어 있었다. 소파 하나와 소파 위에 놓인 헬멧이 다였다. 모든 벽과 바닥에, 천장까지 빼곡

하게 사각형의 회색 타일이 붙어 있어서 방문이 어디인
지 알 수 없었다. 타일은 파손되고, 찢기고, 덧붙이거나
다시 붙인 흔적으로 가득했다. 살짝 눌러보니 신축성이
있는 소재였다. 군데군데 얼룩이 보였는데 아무래도 묵
은 핏자국 같았다.

"자신 없으면 지금 나가주세요. 애를 더 다치게
하고 싶지 않아요."

엄마라고 하지 않았으면 애가 있는지 몰랐을 얼
굴이었다. 여기저기 멍이 들고 딱지가 졌는데도 피부가
고운 게 티가 났다. 얼굴은 그나마 나은 편이었고, 목덜
미와 앙가슴은 수세미로 비빈 것처럼 엉망진창이었다.
헬멧이 필요한 이유가 있었구나.

"아무래도 당신들은 아닌 것 같아요. 돈은 드릴
테니 그냥 나가주세요."

우리가 여자를 너무 관찰해서였는지 여자는 우
리가 경험이 없다고 판단한 모양이었다. 우리를 문밖으
로 잡아끌다가 옷자락을 자꾸 놓치자 아예 막무가내로
밀어내기 시작했다. 뒤늦게 나타난 유이가 여자에게 텔
레파시를 쏠 때까지.

— 아이를 뭘로 묶어놓은 거냐? 짐승 털?

여자는 쓰러지듯이 우리에게 큰절을 했다. 벽 속의 벽을 열자 그 안에 문이 나왔다. 현관보다 자물쇠가 더 많이 달린 문이었다. 여자는 벌벌 떨리는 손으로 자물쇠를 풀며 주문을 외우듯 말했다.

"몰라봬서 죄송합니다. 감사합니다, 감사합니다. 몰라봬서 죄송합니다. 감사합니다, 감사합니다⋯⋯."

낮은 조도의 방은 석실처럼 습하고 차가웠다. 거실처럼 텅 비어 있는 방 안에 여러 개의 기둥으로 둘러싸인 침대가 있었다. 유이가 말한 짐승 털은 모피를 찢어 만든 로프였다. 아이는 세 가지 종류의 로프로 묶여 있었다. 모피, 일반적인 로프 그리고 쇠사슬.

무슨 매듭이 이렇게 복잡한지 우리는 이유를 알 수 없었는데, 믐이 텔레파시를 통해 설명해주었다. 유이에게서 방 안의 모습을 청각영상으로 전달받은 모양이었다.

— 어머니가 사차원 벡터를 만들어놓은 거다.

— 한국말로 설명해.

— 털가죽을 끊으려고 하면 로프가, 로프를 끊으려고 하면 쇠사슬이 개입하게 묶어 놓았다. 대박인 건 쇠사슬을 움직이려고 하면 털가죽과 로프가, 동시에 잡

아당기게 해놓았다는 거다.

　— 왜 그렇게 한 거지?

　— 쇠사슬이 제일 기니까, 목을 감거나 휘두르지 못하게 한 것 같다.

　다치지 않게 하면서 풀려나지도 않게. 최대한 자유롭게 움직이면서도 자해는 할 수 없게 해놓았다는 건가? 사랑은 모든 사람을 천재로 만드는구나.

　기둥은 푹신한 천으로 꽁꽁 싸매져 있었고, 벽과 천장과 바닥의 매트는 여러 겹이어서 여기저기 뜯긴 형상이 고대 유적 발굴지 같았다. 아이를 위해 그동안 여자가 거쳤을 시간을 생각하니 한숨조차 나오지 않았다.

　주변의 흔적과 대조적으로, 아이는 침대 위에 얌전히 잠들어 있었다. 혹 정상인 아이를 묶어놓았나 싶을 정도로 아이의 빛무리 몸은 평화로웠다. 다른 빛무리 몸의 징후도 전혀 보이지 않았다.

　— 뭐 보이는 사람 있어?

　— 아이 빼고 안 보이는데.

　— 내가 한번 들어가보겠다.

　공중에 떠 있던 유이의 안개 몸이 아이의 몸속으로 다이빙했다. 다이빙하자마자 트램펄린 위에 떨어진 것처럼 곧장 튕겨 나왔다.

　— 뭔가가 있다.

　— 왜 안 보이지?

　뭐가 보여야 설득을 하든 협박을 하든 강제로 끄집어내든 하지.

　믐이 텔레파시로 말했다.

　— 주파수를 이용해봐라.

　— 무슨 주파수?

　— 지나의 무지개 몸은 반물질 주파수를 발생시킬 수…….

　— 설명은 됐고 내가 할 일만 얘기해.

　— 최대한 가까이 가봐라.

　지나가 침대 위로 올라가 아이를 조심스럽게 안았다. 무지갯빛이 파도처럼 일었지만, 아이의 육체는 투명해지기만 할 뿐 지나의 몸을 받아들이지 않았다. 원래는 한 몸처럼 겹쳐져야 하는데…….

　— 아직도 안 보여?

　— 안 보여.

　무지갯빛이 거세지자 두 사람의 형체가 투명해지다 못해 이지러지기 시작했다. 나는 아이의 빛무리 몸이 진동판 위의 푸딩처럼 춤추는 것을 보고 있었다.

　— 그만해. 여자애밖에 없나 봐.

　— 그런데 유이가 왜 못 들어가.

　지나가 활성화를 밀어붙였다. 지나와 아이의 몸
은 침대 위에 뜬 채로 서로 부딪치고 있었다. 아이의 빛
무리 몸은 납작해지기 시작했고.

　— 그만해. 그러다 육체랑 분리되겠어.

　나는 아이를 죽일까 봐 겁이 났는데, 이번에는 유
이까지 나서서 산불에는 산불이라는 듯 초강수를 뒀다.

　— 다시 들어간다.

　유이는 이번엔 튕겨 나오지 않았다. 투명하게 빛
나던 빛무리 몸들이 어둡게 가라앉았다. 하나로 합쳐진
몸들이 동력을 잃은 비행접시처럼 침대 위에 착륙했다.
하지만 내 눈에 보이는 것은 아이의 육체뿐이었다.

　— 뭐야, 다 어디 갔어.

　침대로 다가가 아이의 몸에 손을 대보았다. 아무
반응이 없어 아이의 몸을 흔들어봐야겠다고 생각한 순
간 지나와 유이가 공중으로 튀어나왔다. 나도 무언가에
떠밀려 벽에 부딪쳤다. 소리 없이 폭탄이 터진 것 같았
다. 보이지 않는 파도가 방 안을 휩쓸고 지나갔다.

눈을 뜨고 다시 일어나보니 아이가 침대 위에 앉아 있었다. 높은 곳에서 뛰어내려 방금 착지를 마친 것 같은 포즈였다. 밝게 빛나기 시작한 것은 아이의 빛무리 몸이 아니었다. 십 대 소녀의 육체에는 헐거워 보이는 빛무리 몸이었다.

"넌 누구야?"

놈에게는 형체만 있을 뿐 생김새가 없었다. 놈은 아이의 입을 사용하지 않고 말했다.

— 무슨 뜻이지?

텔레파시였다. 놈은 텔레파시를 쓰고 있었다.

— 이름을 대라는 뜻이야.

— 나는 어둠 속에 갇히고 싶지 않다.

나는 옆에 와 있는 지나에게 물러서라는 손짓을 했다. 호흡을 가다듬고 미간의 힘을 끌어모아 빛의 검을 불러냈다.

— 어둠 속에 갇힐래, 아니면 영원히 사라질래?

놈은 빛의 검을 보고도 놀라지 않았다. 역시 너는 데커구나. 데커가 맞았구나.

— 그걸 쓰면 이 여자애도 다칠 텐데?

— 왜 하필 그 아이지?

놈은 얼굴 없는 얼굴로 웃으며 대답했다.

— 그냥.

가슴속에 구슬이 떨어진 기분이었다. 툭 하고 떨어져서 눈밭이 펼쳐져 있는 것을 알았다.

아무도 없는 눈밭. 하염없이 넓은 눈밭.

— 기다리고 있었다.

— 뭘?

— 너희처럼 저 세계의 에너지를 가진 자들.

— 무슨 소리야?

— 에너지를 나눠줘서 고맙다.

놈은 눈이 아니라 얼굴을 깜박거렸다. 색이 바뀌는 마침표처럼. 소리 없는 폭발이 다시 우리를 휩쓸고 지나갔다. 우리는 온몸의 감각이 사라져서 움직일 수 없었다.

쇠사슬이 끊겼다. 매듭은 맥없이 풀어졌다. 아이가 쇠사슬을 끌며 방문을 열고 나갔다. 따라 나가보니 어느새 쇠사슬로 여자의 목을 감고 있었다.

— 여자는 놔줘.

— 죽이는 건 복수가 아니다.

— 무슨 뜻이야?

— 이 여자는 안 죽인다.

놈은 여자를 내던지고 현관 쪽으로 달렸다. 우리는 현관문이 단숨에 열리는 소리를 들었다. 열쇠와 자물쇠가 바닥에 나뒹굴고 있었다. 지나의 몸에 무지갯빛이 돌았다가 가셨다.

"잘 안된다."

"나도 그래."

계단실로 들어가는 아이의 뒷모습을 보았다. 우리는 곧바로 쫓아갔는데 꼭대기 층이어서 고작 한층 위가 옥상이었다. 도망가는 거면 옥상을 선택하지 않았겠지. 아이는 대형 환풍구 위에 앉아 있었다.

— 당장 내려와.

— 네 마음속에 분노가 보인다.

— 여자애 몸에서 나와.

— 나는 암흑으로 돌아가고 싶지 않다.

아이의 고개가 우리를 향해 숙여졌다. 놈은 아이의 얼굴로 웃으며 말했다.

— 나는 이 아이와 함께 다시 태어날 거다.

지금도 나는 얼굴 구석구석 깨어진 자국들이 선명한데. 죽어서 끝낼 수는 없어서 거울을 보는 일조차 두려운데. 너는 이번 생을 잡아먹은 것도 모자라 아이의 다음 생까지 집어삼키겠다는 거구나.

"안 돼!"

어느새 여자가 우리 뒤에 와 있었다. 말을 잇지 못한 채 소금 기둥처럼 서 있었다. 놈은 여전히 아이의 얼굴인 채였다. 여자의 얼굴을 똑바로 쳐다보며, 이번에는 텔레파시가 아닌 육성으로 말했다.

"내놓으랄 때 내놓았으면, 다 잃지는 않았을 텐데."

여자가 말소리도, 숨소리도 아닌 소리를 냈다. 표정도 없이 얼굴근육이 요동치고 있었다.

"엄마, 사랑해."

데커가 아이의 얼굴로 씩 웃은 다음 다시 말했다.

"라고 네 딸이 외치는군."

아이의 몸이 난간 쪽으로 돌아설 때 우리는 이미 뛰어 가고 있었다. 아이가 먼저 떨어지기는 했지만 우리가 더 낮은 곳에서 뛰어내렸으므로 거리는 코앞이었다.

— 다희 너는 왜 뛰어내려!

나를 미워하는 것만큼 지옥인 게 없어서. 나 때문에 뛰어내린 거야. 내가 살고 싶어서.

지나에게 설명할 필요는 없었다. 지나는 이미 결말을 보았을 테니, 내가 실패하는 거라면 나부터 붙잡았겠지. 느리게 흘러가기 시작한 시간도 나의 편이었다.

추락에 가속도가 붙으면서 놈의 빛무리 몸이 여자애의 육체를 이탈하는 것을 볼 수 있었고, 꼬리처럼 흐르기 시작한 놈의 다리를 보자마자 나는 사슬이 달린 갈고리를 불러들였다.

— 내가 놈을 잡을 테니 너는 아이를 잡아!

사슬은 내 손목을 뱀처럼 휘감고, 갈고리는 후크 선장의 손을 닮았지. 째, 깍, 째, 깍, 악어에게 잡아먹힌 후크 선장의 시계는 물속처럼 느리게 가지.

놈의 빛무리 몸이 아이의 몸보다 큰 게 다행이었다. 떨어지는 속도에 다리가 꼬리처럼 나와 춤을 추고 있었다. 나는 빛의 갈고리를 꼭 붙잡고, 헤엄치듯 팔을 휘둘렀다. 아이의 몸에 닿지 않게, 놈의 꼬리만을 찍어야 했다.

— 잡았다.

내가 놈의 빛무리 몸을 낚자마자, 지나는 무지개 몸이 되어 아이의 육체를 붙잡았다. 놈은 갈고리에 맞자마자 힘이 빠져 아이에게서 벗겨져 나왔다. 놈으로부터

자유로워진 아이는 지나의 몸을 받아들였다. 지나는 활
성화를 극단까지 밀어붙여 공중에서 브레이크를 걸었
다. 만약 내가 놈을 찍어내지 않았으면 지나는 아이를
살릴 수 없었겠지.

나는 잠시 공중에 둥실 떠올랐다. 놈의 빛무리 몸
에 대롱대롱 매달린 자세가 되었다. 계산대로 육체 밖으
로 나온 빛무리 몸은 훌륭한 낙하산 역할을 해주었다.
데커의 빛무리 몸은 밖에 나오자마자 산산이 부서진다
는 걸 계산하지 못해서 그렇지.

낙하산이 불타고 있었다. 떨어지는 속도가 다시
빨라졌다. 하지만 나는 이미 많이 떨어져서 떨어질 높이
가 많이 남아 있지 않았다. 더구나 내가 떨어진 곳은 보
도블록이 아니었다. 생크림케이크처럼 폭신폭신한 듬
의 배 위였다.

아이와 함께 사뿐하게 착지한 지나가 물었다.

"괜찮아?"

나는 신음하고 있는 듬을 내려다보며 물었다.

"괜찮아?"

겨울이 오고 있었다. 새벽의 허리를 밟고 서 있는
아파트 단지는 심해처럼 고요했다. 아이와 내가 떨어져

죽었다 해도 지금처럼 고요했을 것 같았다. 나는 자리에서 일어나 지나가 안고 있던 아이를 감싸 안았다. 아이의 몸은 차가웠고 미세하게 떨리고 있었지만 숨은 따듯했다.

괜찮아, 다 끝났어. 앞으로는 이런 일 없을 거야, 언니들이 꼭 그렇게 해줄게.

지나가 아이를 업고 유이와 내가 아이의 발 한 쪽씩을 감쌌다. 우리는 그렇게 한 팀이 된 채로 입구를 향해 뛰었다.

아파트 꼭대기 층으로 돌아가는 엘리베이터는 정상이었다.

머리 모양
꽃씨

오늘은 머리를 하나 잘랐는데,
수십 개의 꽃씨가 하늘로 날아올랐어

왜 우리 같은 애들을 기다리고 있었다고 했을까. 데커는 어차피 저 세계에서 온 사람들이고, 우리보다 저 세계의 에너지를 더 잘 쓸 수 있지 않나? 이즈비 제국에서 추방된 데커거나 자신만의 가상공간을 만들어 독립한 데커가 아닌 이상.

　　이를테면 교장처럼.

　　그런데 교장은 내가 죽였는데. 영혼까지 거두지는 않았지만 빛무리 몸이 차원의 소용돌이 속으로 빨려들어가는 것을 나는 분명 보았다. 지나도 그때 나와 함께 있었다. 이즈비들에게 붙잡히면 최소 천 년은 어둠 속에 갇힌다. 고작 몇 년밖에 안 지났는데, 벌써 돌아왔을 리 없잖아. 옷장 밑으로 들어간 바퀴벌레처럼 자꾸만 생각났지만 나는 애들에게 말하지 않았다. 내가 잘못 본 거라고, 비슷하게 생긴 다른 벌레라고 나 자신을 속이려고 애썼다.

하지만 믐은 혼자서 건물 전체를 수색하고 돌아온 모양이었다. 퇴마가 끝난 지 한 달도 안 되어서 새로운 케이스를 들고 왔다. 믐이 찾아낸 것은 다섯 번이나 살인 혐의를 받고도 번번이 풀려난 삼십 대 남성이었다. 둘만 있는 공간에서 사람이 죽었는데 하나같이 시체에 외상이 없어서 경찰은 혐의를 증명하지 못했다. 믐의 다음 말을 듣고 나는 머리카락이 곤두서는 느낌이었다.

"빛의 무기를 쓰는 자라고 의심한 이유다."

믐은 해킹을 시작했다. 노숙자나 다름없이 사는 남자인데, 풀려날 때마다 입금되는 돈이 있어서 추적해 보니 쌍둥이 동생이 등장했다. 잘나가는 펀드매니저인데 경찰 조서에는 두 사람이 서로 절연한 관계로 기록돼 있어서 이상했다.

개운치 않기는 그게 끝이 아니었다. 사람이 죽을 때마다 동생의 통장으로도 돈이 들어오고 있었다. 투자금 명목으로 들어오고 있었지만 시기가 의문의 사망사건과 일치하는 게 영 의심스럽다는 거였다.

"청부 살인이다 이거냐?"

"단순한 청부 살인이 아니다. 데커의 청부 살인이다."

"데커라고 어떻게 장담하냐?"

"빛의 무기를 쓰는 게 의심된다고 이미 말했다."

빛의 무기로 심장을 찌르거나, 목을 통째로 베어내면 빛무리 몸은 곧장 소거된다. 육체와의 연결도 끊어져버리므로 빛무리 몸의 변화는 육체에 반영되지 않는다. 타박상이나 골절 등이 생길 수는 있겠지만, 사망의 직접적인 원인이라고 결론짓기에는 너무 미약하다.

"데커 집단이 또 생긴 게 분명하다."

"근데 왜 데커 집단, 이냐?"

"분명 배후가 있는데, 데커는 지구인의 명령에 복종하지 않으니까."

믐은 우리 모두를 둘러보며 말했다.

"앞으로 수십 명은 더 죽일 놈들이다."

찾아서 죽이자는 얘기인가. 죽이면 우리한테는 뭐가 좋지. 우리의 존재만 다시 노출되겠지. 기껏 도와

줘봐야 지구인들은 오히려 우리를 공격할 테고. 아니면 어떻게든 우리를 이용해먹으려고 갖은 수를 쓰겠지. 애들에게 약을 먹여 기억을 지워버렸던 닥터처럼.

닥터는 애들이 약 때문에 능력을 얻게 된 거라고 속였다. 내가 잠들어 있던 일 년 동안, 아인이와 애들에게 무슨 일이 있었을지 나는 상상할 수조차 없었다. 얼마나 많이, 얼마나 지독하게 싸워야 했을까. 지나와 유이는 그때의 이야기를 잘 해주지 않았다. 어쩌다가 튀어나와도 은근슬쩍 화제를 바꾸어버리곤 했다. 그때마다 나는 지나와 유이의 눈빛 속에 개기일식이 드는 것을 보았다. 그런 애들에게, 이런 일을 또 하자고 할 수는 없어.

"우리 일은 어떻게 하고? 범죄 소탕을 위해 그만두냐?"

예상대로, 유이는 반대였다. 반대하는 이유는 나와 달랐지만.

"너는 회사 가고, 우리는 주말밖에 시간이 안 되는데?"

믐은 조개처럼 입을 다문 채 대답하지 않았다.

"우리가 형사냐? 배트맨이냐? 배트맨은 금수저고 형사는 월급이라도 받지. 우리는 남 살리겠다고 거지

되냐?"

전혀 예상치 못한 카드를 꺼낸 건 지나였다. 지나
는 내 눈에 자신의 눈을 담듯이 나를 바라보며 말했다.

"하자."

"하지만 우리에게 조금이라도 위험하면 안 하기
로……."

"그런 거면 지난번에 안 했어야지."

"그건 그렇지만……."

"다희 너한테 뭐라고 하는 거 아니야. 다만 지금
은 칼을 집어넣을 때가 아니라는 얘기지."

우리가 이미 칼을 힘껏 휘둘러버렸다는 이야기
였다.

"지난번 데커, 좀 이상하지 않았어? 꼭 교장 같은
놈들이 돌아온 것 같은 느낌?"

지나 너도 생각하고 있었구나.

"만약 그렇다면 놈들은 이미 우리의 존재를 눈치
챘을 거야. 더 이상 우리가 조용히 살 수 없게 되었다는
거지. 우리가 있는 걸 안 이상 놈들이 가만있을 리 없잖
아? 이럴 땐 우리가 먼저 공격하는 게 가장 안전한 방법
이야."

지나가 반대했을 때 하지 말았어야 했나. 아이를 구했을 때는 세상을 구한 것 같은 기분이었는데.

"정말 그런 거라면……."

지나는 고개를 끄덕하더니 내 말을 이어받았다. 하지만 내가 하려던 말은 아니었다.

"이번에는 끝까지 가는 거지."

걱정 말라는 듯 온화하던 눈빛이 어느새 잘 벼려둔 칼날처럼 빛나고 있었다. 유이는 더 이상 반대하지 않았다. 오히려 언제 반대했냐는 투로 말했다.

"응, 죄다 찾아내서 죽이자. 마지막 한 놈까지."

나는 지나가 했던 말을 기억했다. 안 넘어지려고 칼을 휘두를 때도 있다는 말. 싸우고 싶지 않아도 칼을 멈출 수 없을 때가 온다는 말.

애들은 무서운 속도로 움직이기 시작했다. 일을 관두고, 집을 내놓고, 짐을 죄다 싸서 믐의 집으로 이사했다. 믐은 그 많은 물건을 한 방에 몰아넣어 방 두 개를 비웠다. 이틀째 되는 날 우리는 짐 정리를 끝내고 믐의 집에서 잠을 자고 있었다.

톱니바퀴처럼 일하는 애들을 보며 나는 마음이

자꾸 어딘가에 걸려 넘어지는 기분이었다. 이렇게 하는 게 맞나? 내가 애들에게 화근인가? 어쩌면 콤플렉스를 부리고 있는 건가? 지나는 뭐든 통과할 수 있고 가까운 미래도 보고, 유이는 유체 이탈에 정신을 장악하고 텔레파시 능력도 있고. 사람들의 어리석음만 아니라면 얼마든지 세상에 유익한 일을 할 수 있지만 나는 영혼을 파괴할 줄밖에 모르는 아이라서?

나는 혹시 애들을 교묘하게 질투하고 있는 걸까? 그런 거니, 다희야?

"일단 팀을 나눠서 미행을 해야 할 것 같다. 지나와 다희는 능력치가 높으니, 우럭 쪽을 맡는 게 좋을 것 같다."

아니야. 사람들을 돕기 위해서잖아. 우리도 넘어지지 않고, 사람들도 불행해지지 않게.

"유이가 침투 능력이 뛰어나니 이쪽은 광어를 맡겠다."

광어와 우럭은 믐이 정한 암호명이었다. 광어는 쌍둥이 동생인 마이크, 펀드매니저. 우럭은 연쇄살인범이 의심되는 형. 본명은 이명. 지나와 나는 만에 하나 위기에 몰리면 묻지도 따지지도 않고 죽이기로 약속했으나 우리는 아무래도 너무 큰 접시를 꺼낸 것 같았다.

"그냥 지구인 같지 않아?"

"응, 아무래도……."

"저게 위장일 수 있을까?"

"뭐 하러……. 우리가 따라다니는 것도 모를 텐데."

이명은 폐지를 줍고 날품팔이를 하는 사람이었다. 이삿짐도 나르고 배달도 했는데, 다른 사람 절반 정도의 돈만 받았다. 빛무리 몸도 일반적인 사람의 절반 같은 느낌이었다. 무채색에 가까웠고 흐름도 별로 없었다. 종일 굶고 저녁 한 끼만 먹었다. 밥을 먹는 게 아니라 안주만 먹었다. 하루 번 돈을 싸구려 술집에서 다 써버렸다. 그래봤자 한두 병 마시는 게 다였다.

이상하다고 생각하고 있을 때 믐에게서 문자가 왔다.

— 유이가 광어를 장악하는 데 번번이 실패했다.

— 광어가 데커라는 뜻이야?

— 연쇄살인범이라는 뜻이기도 하다.

범인은 광어인데, 경찰에 매번 잡힌 건 우럭이라고? 재미없는 농담을 듣는 기분이었는데 집에 돌아가

보니 픔은 이미 새로운 퍼즐 조각을 찾아낸 후였다.

"살인 현장에는 한결같이 지문이 발견되지 않았다."

"증거를 인멸하려고 지웠겠지."

"뭐 하러 증거를 인멸하지? 어차피 살인 증거는 없다."

"그럼 왜지?"

"특이한 건 유전자 정보는 발견되었다는 것이다. 체모나 살비듬 등."

"그게 무슨 뜻인데?"

"쌍둥이는 유전자 정보가 같지만 지문은 다르지."

"그니까 그게 무슨 뜻이냐고."

유이가 짜증을 내고 나서도 픔의 스무고개는 끝나지 않았다.

"데커는 광어인데, 현장에서 잡히는 건 우럭이다. 지문은 깨끗이 지워진 상태지만 유전자 정보는 발견된 적이 있다. 이래도 감이 안 오나?"

"치울 시간이 부족해서 지문만 지웠다?"

"아니다."

"우럭이 죽이고 싶은 사람을 광어가 죽여준다?"

"아니다."

결국 유이에게 등짝을 한 대 얻어맞고 나서야 믐은 결론을 내놓았다.

"광어가 죽이고 우럭이 치우는 거다. 만일에 대비해서 우럭을 방패로 쓰는 거지."

언뜻 듣기에는 그럴듯해 보였지만 믐은 퍼즐 조각 한 쌍을 불완전하게 맞추었을 뿐이었다.

유이가 곧바로 이의를 제기했다.

"처음부터 유전자 정보도 안 남기면 되지, 뭐 하러 그렇게 복잡하게 하냐?"

"실수로 떨어뜨릴 수도 있으니까……."

"어차피 완전범죄인데 굳이? 더구나 유전자 정보는 범죄자 되기 전엔 등록 안 된다. 어차피 경찰은 모르는데 왜 그런 정보를 미리 주냐."

나는 쌍둥이 형제에 대해서 생각하고 있으면 뭔가가 자꾸 헛돌았다. 마음도 헛돌고, 기분도 헛돌았다. 수건과 양말이 한 바구니에 담긴 걸 본 것처럼. 주방 세제 사이에 세워둔 식용유를 본 것처럼. 하지만 이상한 것과 수상한 건 다른 거지.

"차명계좌를 찾아냈다."

"어떤 차명계좌?"

"광어가 우럭 앞으로 만들어둔 통장인데 꽤 많은 돈이 오가고 있었다."

"그걸로 뭘 할 수 있는데?"

"청부 살인의 증거를……."

유이는 답답했는지 먼저 부딪쳐보자는 제안을 했다.

"어떻게?"

"일단 우럭을 잡아 오자."

"납치를 하자고?"

"납치가 아니라 연행이다."

"경찰이 아닌데 연행?"

"경찰이 아니니까 영장이 필요 없다."

믐이 두 눈을 지그시 감은 채 말했다.

"형법 위반인데. 오 년 이하의 징역 또는 칠백만 원 이하의 벌금……."

"두들겨 패면 다 나오게 되어 있다."

"폭행하면 칠 년 이하의 징역……. 일 년 이상의 유기징역……."

"일주일이나 미행한 건 합법이냐?"

"스토커가 아니면 불법 아닌데……."

"누가 또 죽을지 모르는데 법 따지게 생겼냐?"

유이는 그냥 한 말이었겠지만 나는 법 얘기를 듣자 머릿속이 번쩍, 했다.

"어차피 법정에서 증명 불가능한 건 증거가 안 되잖아. 놈들이 완전범죄를 했다면 그것도 현실적으로 증명이 안 돼서잖아."

"그러네, 우리의 능력도 증거를 안 남기기는 마찬가지네."

지나는 내 말을 빨리 이해했지만, 믐은 이런 쪽으로는 느렸다.

"납치는 문제가 된다. 납치에 가담하면 회사에서 쫓겨난다."

"납치라니 무슨 소리야. 우리는 그 아저씨한테 손끝 하나 안 댈 거야. 누가 봐도 자발적으로 우리를 따라온 것처럼 보일걸?"

"……."

"유이가 계속 장악하고 있으면 돼. 상대는 자신의 형과 대화하고 있다고 생각하겠지. 범죄를 저지른 게 확실해지면, 그때 처단하자."

믐은 여전히 이해가 안 가는 분위기였지만, 지나와 유이는 적극 동의하는 표정을 지어 보였다.

나는 비로소 마음이 편안해졌다. 섞인 빨랫감을 안전하게 처리할 수 있는 만능 세제를 찾아낸 기분이었는데, 빨랫감 속에 빨랫감 아닌 것이 섞여 있다는 사실을 아직 모르고 있을 때였다.

*

며칠 뒤 아침, 우리는 우럭과 함께 차에 앉아 있었다. 깨끗한 양복을 입고 머리까지 단장한 우럭은 어딘가 조금 아픈 광어처럼 보였다. 지나와 나는 광어처럼 보이는 우럭과 함께 빌딩에 들어섰다. 검색대가 있었지만 유이는 동시에 여러 명을 장악할 수도 있었다. 보안요원이 자신의 카드를 써서 바리케이드를 열어주었다. 얼굴에 미소를 머금은 채였다. 광어의 사무실 안에 들어갈 때까지 우리를 막아선 사람은 아무도 없었다.

출근하자마자 형을 마주친 광어는 몹시 놀란 눈치였다.

"뭐 하는 거야, 형? 이 사람들은 누구야?"

지나가 광어에게 명함을 건네며 말했다.

"대충 보세요. 평범한 변호사 아닌 건 짐작하셨을 테고."

광어는 명함을 보는 둥 마는 둥 하더니 다리부터 꼬았다.

"엄청 젊네? 그냥 햇병아리 변호사 아니야?"

"모이는 뗐고, 지렁이 정도는 삼켜요. 아직 더러운 지렁이 깨끗한 지렁이 구분해서 먹을 단계는 아닌 것 같지만."

"요즘 지렁이 먹는 변호사가 어딨어. 그냥 공장에서 사료 드세요. 닭은 돼보고 죽어야지. 괜히 야생 나왔다가 깃털도 못 달고 죽은 애들 많아."

광어는 은근슬쩍 반말이 되어 있었다. 지나와 나를 기분 나쁘게 훑어보더니 말했다.

"어떻게, 내가 사료 좀 드려?"

지나는 차분하고 세련된 변호사 연기를 생각보다 잘했다. 말은 좀 걸었지만.

"대표님이 이상한 사료를 쓰신다는 소문이 있더라고요. 닭한테는 닭을 갈아서 먹이고, 소한테는 소를 갈아서 먹이고?"

"주는 대로 먹을 것이지 말들이 많네."

"다 좋은데, 백정이 누군지 좀 헷갈려서요. 듣자
하니 쌍둥이 형제 중 한 명이라던데?"

광어의 얼굴에서 웃음기가 사라졌다. 광어는 무
표정이 아니라, 표정을 벗어버린 것 같은 얼굴로 되물
었다.

"내가 백정이라 이건가?"

"백정이 한 명이 아닐 수도 있지."

광어의 얼굴에 표정이 돌아왔다. 이번에는 흥미
롭다는 눈빛으로 우력의 얼굴과 옷차림을 살피더니 말
했다.

"우리 형이 좀 많이 아파."

"네가 더 아파 보여."

지나가 맞받아치자 광어는 내 쪽으로 시선을 돌
렸다.

"다중인격이라고 들어봤어?"

"응, 그래서?"

"사람은 다 인격이 여러 개야. 하지만 주 인격이
라는 게 있어서 한 명처럼 살 수 있는 거지. 근데 다중인격은 말이야, 주 인격이 당번 돌듯이 바뀌는 걸 말하는 거야. 지금은 A가 주 인격이지만 다음에는 B가, 또 다음에는 C가 주 인격이 될 수 있지."

나는 낮고 단호한 어조로 말했다.

"그런 건 면책 사유가 되지 않아."

광어는 짐짓 놀란 척하며 말을 이었다.

"이 아가씨가 뭘 좀 아네. 자, 그럼 내가 문제를 내볼게. 여러 인격이 각각 다른 병을 앓고 있을 수도 있을까? A 인격은 당뇨병이 있고, B 인격은 알레르기가 있다는 식으로?"

"하고 싶은 말이 뭐야 대체?"

"우리 형은 말이야. B 인격이 되면 당뇨병이 낫고, A 인격이 되면 알레르기가 나아. 정말 정신병이라면 이런 게 가능한 일이겠어?"

우럭 안에 있는 유이가 성질을 참지 못하고 섣부른 말을 꺼냈다.

"그래서, 형한테 다 덮어씌우겠다?"

광어는 우럭을 보지도 않고 말했다.

"재밌는 애를 데리고 왔네?"

"뭐?"

"장악 능력이 있는 모양인데 내가 그런 것도 모를 줄 알았어?"

"……."

"지금 너희 친구가 장악한 형은 여러 인격 중 하나일 뿐이야. 형의 주 인격이 바뀌면 너희 친구는 어떻게 될까?"

지나와 나는 거의 동시에 텔레파시로 외쳤다.

― 유이야, 당장 거기서 나와.

하지만 유이가 상황을 파악한 것보다, 우럭의 진짜 빛무리 몸이 나타난 게 더 빨랐다. 네 명이 동시에 의자에서 일어섰다. 나는 곧장 활성화해서 빛의 검을 뽑아 들었지만 광어는 그새 우럭의 몸으로 자신의 몸을 가리고 있었다.

"죽일 수 있으면 죽여봐. 내 형을 죽이는 순간 너희 친구도 끝이야."

그것도 잠깐이고 아차, 하는 표정을 짓더니 형의 옆으로 나왔다.

"나를 죽여도 마찬가지야. 형은 절대로 너희 친구를 내놓지 않을걸."

나는 우럭의 빛무리 몸을 보고 있었다. 회색 바탕

에, 눈꺼풀 같은 주황색 무늬가 여기저기 동심원을 그리고 있었다. 마치 핏물 섞인 호수 위에 빗물이 떨어지는 것처럼.

삼십 분 뒤, 지나와 나는 광어의 주상복합아파트에 끌려와 있었다. 눈물이 날 정도로 쾌적하고 예쁜 아파트였다.

"너희는 한 가지 일만 해주면 돼. 아, 한 가지가 아니라 세 가지인가?"

광어가 리모컨을 들어 프로젝터를 켰다. 어떤 남자의 신원 정보를 시작으로 그 뒤에 여자 한 명, 다시 남자 한 명. 모두 중년이었고, 선량하고 평범해 보이는 인상이었다.

"설마…… 우리한테 저 사람들을 죽이라고?"

"왜 놀란 척하고 그래. 보아하니 푸줏간 오래 한 것 같은데."

"직접 하지 왜 우리한테 시켜? 너희 죽이는 거 좋아하잖아."

광어는 기분 나쁜 웃음소리를 내며 말했다.

"우리는 예술을 좋아해. 창조적이고 무용한 거. 지루하고 실용적인 건 너희가 좀 해주면 안 될까?"

"이것들이 진짜……."

지나의 몸이 알록달록해졌다. 나는 어깨에 손을 짚어 지나를 진정시킨 다음 광어에게 말했다.

"너희가 유이를 돌려준다는 말은 어떻게 믿고? 우리한테도 보증이 있어야지."

광어가 헛웃음을 몇 번 치더니 갑자기 언성을 높였다.

"보증? 감히 나한테 담보라도 내놔라 이거야?"

벽에 비친 사람들을 손가락질하며 천둥처럼 광광거렸다.

"쟤네들이 왜 죽는지 알아? 너희처럼 주제 파악 못 하고 까불다가 죽는 거야, 알아?"

광어가 거의 고함을 지르듯 하자, 우럭이 갑자기 소파 밑으로 무릎을 꿇었다. 광어를 향해 온몸으로 빌기 시작했다.

"살려주세요. 뭐든지 할게요. 살려만 주세요."

한동안 싹싹 빌다가 뒤로 눕기에 끝난 줄 알았는데 팔과 다리를 뻣뻣하게 편 자세로 비명을 지르기 시작했다. 발작인가 싶었으나 자세히 보니 무언가에 사지가 묶인 사람의 몸동작이었다.

"아, 형. 또 시끄럽게. 걔네 좀 어떻게 해봐. 맨날 아무 때나 불쑥불쑥 튀어나오게 하지 말고!"

우럭은 겨우 상반신만 지탱하고 있는 사람의 자세로 앉았다.

"여기서 나가게 해주세요……. 부탁이에요……."

잠시 후 우리는 허공에 머리를 기대고 있는 우럭을 보았다. 두 팔에 모두 힘이 빠진 채 보이지 않는 벽에 의지하고 있는. 아무리 힘이 센 사람이라 해도 물리적으로 가능한 자세가 아니었다.

"내 아이…… 내 아이는 건드리지 마……."

우럭이 아니라 우럭이 죽인 사람들이구나. 죽은 사람들의 영혼이 튀어나오고 있는 거구나. 아마도 마지막 순간의 기억이나 마음 깊이 사무친 생각을 반복하고 있는 거겠지. 가슴속에 갈대숲이 펼쳐지더니 툭, 투둑 하고 갈대들이 꺾이기 시작했다.

네놈은 영혼의 포식자구나. 그냥 죽인 게 아니라 죽을 수조차 없게 만든 거였어. 너의 빛무리 몸 안에 갇혀 끊임없이 악몽을 반복하면서.

"잘 봤어? 시간 끌면 너희 친구도 저 중 하나가 되는 거야."

"......"

"우리 형도 아무나 먹는 스타일이 아니어서 엄청 뱉고 싶겠지만……."

지나가 이를 악문 채로 말했다.

"말조심해라. 죽여버린다."

"그래, 그게 문제야. 너희가 우릴 죽일 거라는 거. 그러니까 친구를 돌려주기 전에 너희도 나한테 뭔가 꼬투리를 잡혀줘야지, 안 그래?"

"그런 거라면 좀 어렵겠는데. 우리는 증거를 남기지 않는 편이라서."

"이해를 못 하는 모양인데 증거를 남기는 게 너희의 임무야."

"뭐?"

"말했잖아. 창조적이고 무용한 건 우리가 하겠다니까?"

창조적이고 무용한 것. 아이디어가 떠오른 건 그 말을 듣고서였다.

내 능력을 꼭 무언가를 파괴하는 데 쓸 필요는 없지. 무기가 아니라 다른 것을 만들어낼 수도 있을 거야. 빛의 형상이 꼭 무기여야 한다는 법은 없으니까. 내가 이미 봐서 알고 있는 것이기만 하면 무엇이든 가능하지.

"알았어, 할게."

지나의 시선이 나에게 표창처럼 꽂히는 것이 느껴졌다.

"방법이 없잖아. 친구부터 구해야지."

나는 동의를 구하는 것처럼 고개를 돌려 지나를 바라보았다. 우리는 텔레파시를 쓸 수 없는 상태였지만 지나는 한눈에 내 의도를 알아보았다. 내 계획을 모르면서도 나를 믿고 연기에 선뜻 동참해주었다.

"친구를 구한답시고 선량한 사람들을 죽여?"

"어쩌라고 그럼……."

"방금 본 영혼들도 죄다 무시하고? 이런 회를 쳐도 모자랄 년."

회를 친다는 말은 분명한 신호였다. 나는 죄책감에 휩싸인 척하며 눈을 감았다. 집중하자, 집중해. 내가 호흡을 가다듬는 사이 지나는 계속해서 광어의 주의를 끌었다.

"그냥 일대일로 싸워서 끝내는 건 어때?"

"왜 그래야 하지?"

"한 번에 두 명이랑 싸우는 건 벅찰 것 같다며?

일대일 토너먼트로 해."

"흐흐, 우리가 왜?"

"왜, 쫄리니? 여자한테 얻어터질까 봐?"

나는 가파른 산을 뛰어 올라가는 기분이다가 어느 순간 힘이 풀렸다. 미끄러진 줄 알았더니 절벽을 넘어선 거였다. 내 날개는 생각보다 커서 굳이 날갯짓을 하지 않아도 바람을 탈 수 있었다. 눈을 감지 않아도 내 마음을 들여다볼 수 있었고, 마음을 닫지 않아도 감정의 균형을 유지할 수 있었다. 처음에는 크고 작은 바람이 어지럽게 부는 느낌이었지만 내가 그 모든 바람의 결을 느끼고 나자 점차 하나의 회오리바람으로 모여들기 시작했다.

나는 확신을 가지고 마음을 휘두르기 시작했다. 한 번 휘두를 때마다 하나씩, 음식 접시가 놓였다.

"흐흐, 이건 또 뭐야? 소꿉놀이라도 하자는 거냐?"

이름은 모르지만, 나는 내가 본 그대로 지난 일주일간 우럭이 먹은 안주들을 테이블 위에 차례차례 부려놓았다.

나는 우럭의 눈 속에서 초침이 움직이는 것을 보

고 있었다. 그리고 어느 순간 톡, 초침이 제자리걸음을 했을 때, 나는 음식들 사이에 마개가 빨간 소주병을 올려놓았다.

톡, 톡, 하고 초침이 두 번째, 세 번째 제자리걸음을 걸었다.

나는 유이의 텔레파시가 돌아온 것을 느꼈다.

— 유이야, 지금이야!

우럭의 몸 위로 유이의 빛무리 몸이 코브라 모양으로 솟아올랐다. 나는 우럭의 손이 신기루에 닿으려는 순간 그것들을 거둬들였다. 그것들은 단숨에 내 손에 끌려 들어와 길고 날카로운 하나의 검이 되었다.

"다시는 태어나지 마라."

나는 반쯤 일어선 자세로 테이블 위에 수그러진 우럭을 내리쳤다.

우럭은 반사적으로 벌떡 일어섰지만, 이미 빛무리 몸의 머리와 오른팔은 육체를 떠난 뒤였다. 물속의 비닐처럼 무력하게 허공을 떠다니고 있었다.

"이게 무슨……."

머리를 잃은 우럭의 빛무리 몸은 뚜껑이 열린 병과 같았다. 회색이 한 겹씩 옅어질 때마다 빛의 풍선들이 공중에 둥실 떠올랐다. 우럭의 몸속에 갇혀 있던 사람들의 영혼이었다. 작은 원형의 빛 속에 수많은 기억이 스쳐 지나가는 것이 보였다. 슬프면 슬프고, 아프면 아팠지, 슬프면서 벅차거나, 아프면서 황홀했던 적은 없었다. 나에게 감정은 언제나 솎거나 잘라내야 하는 것이어서 그때처럼 온갖 감정들이 피어올라 둥글어지기는 처음이었다.

목 하나를 잘랐을 뿐인데, 수많은 꽃씨가 사방으로 피어오르고 있었다.

아름답다고 생각했을 뿐인데, 마음속의 모든 어둠이 옅어지고 있었다.

애플
밤

너를 영혼의 영혼까지 삭제해줄게

이즈비 종족은 삼차원과 사차원 사이의 가상 세계에서 산다. 육체도, 물질도 필요하지 않으므로 그들은 우리에게 바라는 게 없다. 그들은 우리를 관찰할 뿐, 우리의 삶에 개입하지 않는다. 인간을 괴롭히는 건 항상 데커였다. 이즈비 제국에서 추방당하거나 벗어나려고 애쓰는 자들. 그들은 제국의 가상 세계 시스템을 해킹하거나, 비밀리에 데이터를 훔쳐 쓰는 방식으로 지구에서의 삶을 유지했다.

　　이즈비든 데커든 지구라는 삼차원 공간에 오려면 빛무리 몸을 날라줄 물리적 매개가 필요했다. 로스웰에 추락한 이즈비처럼 대부분의 이즈비는 인공 육체를 타고 오지만 데커들은 지구인의 몸을 훔쳤다. 그것도 아주 긴 시간 동안.

우럭과 광어가 데커라는 게 이상하기는 했다. 데커의 빛무리 몸과 지구인의 육체는 아무래도 불협화음을 일으키게 마련인데 그들은 너무 자연스러워서. 더구나 훔친 육체로 남의 영혼을 삼킨다니, 수염 없는 고양이가 묘기를 부리는 격이지.

"데커가 아니라 어세서라고?"

"그렇다."

유이의 목소리가 높아졌다.

"그럼 교장을 알겠네?"

"너희의 목적이 교장님이었냐?"

"교장님은 모르고 교장."

"영생을 주시는 분께 존경을 표하라."

"영생? 그 말을 믿어?"

"내 형을 보고도 모르겠어? 우리는 이미 지구인이 아니다. 지구인의 한계를 넘어섰다."

지구인이 아니다, 지구인이 아니다. 그 말이 자꾸 머릿속에 맴돌았다. 지구인이 아니라니? 지구를 지키려고 데커와 싸운다면서, 정작 너희는 지구인이 아니라고?

"교장님은 복된 땅을 만드는 데 성공했어. 우리는 그곳에 처음으로 선택받은 나중 사람이고."

"거기가 어딘데? 좌표 불어."

"흐흐, 복된 땅을 두고 어디냐니. 알면 갈 수는 있고?"

"모르는구나? 하긴. 그런 곳이 있다고 말로만 들었겠지."

광어는 웃기 시작했는데, 웃음에 조금도 흔들림이 없었다.

"흐흐흐, 나는 그곳에서 자랐다."

"사육당한 거겠지."

"시작은 미약하지만, 끝은 창대하리라."

"정신 차리고 빨리 불어. 창대하게 개죽음 당하지 말고."

"너희에게 지구의 마지막 희망을 넘기느니 차라리 죽겠다."

광어를 자극하던 유이가 당황한 눈빛으로 우리를 돌아보았다.

대체 교장이 무슨 짓을 하고 있는 건지 우리는 불안해지기 시작했는데, 지나가 광어를 고문하다시피 해도 광어는 끄떡도 하지 않았다. 광어는 우리가 형을 죽인 것에 몹시 분노해 있어서, 분노만으로도 자신의 존재를 태워 없앨 수 있을 것 같았다.

　　하지만 그런 분노에 대해서라면 광어보다 내가 아는 게 더 많았다.

　　"우리가 그곳에 가면 교장이 더 셀까, 우리가 더 셀까?"

　　광어는 아빠 자랑을 하는 어린애처럼 대답했다.

　　"당연히 교장님이 더 세지."

　　"지금 죽으면 나한테 복수 못할 텐데."

　　광어의 눈빛이 잠시 흔들리는 것을 나는 보았다.

　　"그곳에 가는 방법을 알려주면 당신에게 복수할 시간을 줄게."

　　"나를 살려주겠다? 그 말을 나보고 믿으라고?"

　　광어가 의심스러운 눈빛을 하고도 입가에 미소를 짓는 것을 보며 나는 입을 열었다.

　　"어차피 당신은 나를 죽일 능력이 안 돼. 교장이라면 모를까. 하지만 교장도 그곳이 아니면 우리를 못

이겨."

광어는 슬슬 설득당하고 있는 눈치였다.

"당신이 나한테 복수하는 유일한 방법이 뭘까? 살려줄 테니까, 우리가 그곳에 간다고 교장에게 알려."

"너희는 왜 그곳에서 싸우려는 건데? 이곳에서 싸우면 이긴다며?"

"교장을 찾을 방법이 없어서."

광어가 머뭇거리는 사이, 나는 쐐기를 박았다.

"설마, 당신 교장님 못 믿어? 교장도 우리에게 죽고, 복된 땅도 다 박살 날 것 같아?"

우리는 교장이 이즈비의 가상공간에 비밀 공간을 만들었다는 얘기인 줄 알았다. 만약 그렇다면 교장은 빛무리 몸을 소환당하는 일 없이 지구에서 영원히 다시 태어날 수 있다.

하지만 교장이 빨리 돌아올 수 있던 이유는 따로 있었다.

"뭐야, 지구의 마지막 희망이라더니 아무것도 없는데?"

"폐교가 있다."

름이 모니터 화면을 확대해보더니 말했다.

"평행 공간은 국소적인 평행 우주와 같다. 텅 빈 것처럼 보이지만 그 안에 어세서 양성 학교가 있을 것이다. 지금은 건물 몇 개 수준이지만 공간을 점차 늘리면서 지구인을 하나둘 평행 공간 안으로 납치하면……."

지나가 믐의 말을 받아서 말했다.

"지구는 텅 비고, 가상공간이 지구인 것처럼 되겠네."

"그렇다."

"그 지구 안에서의 지배자는 데커일 테고."

"그렇다."

"지금은 그 안에서 어세서들을 키우고 있고. 이즈비처럼 살게 해주겠다고 꼬드겨서."

"매우 그럴 것이라고 생각된다."

"투명 인간이 아니라, 투명 공간을 만들었다는 얘기네."

투명 인간은 안 보일 뿐이지만, 투명 공간은 내가 사라진다. 투명 인간은 여전히 이곳에 있지만, 투명 공간은 이곳인 듯 다른 곳으로 걸어 들어가게 된다. 다른 곳에 왔다는 인식조차 없이 이곳의 삶이 이어지고 있다고 생각할 수도 있는 거야. 아니, 누구라도 그렇게 생각하겠지.

"근데 왜 하필 폐교냐?"

"빌리거나 사기 쉽고, 구조가 단순해서 복제하기 쉽고, 외딴곳 여기저기에 있고…… 아무도 관심 없으니까?"

나는 평행 공간이 점차 늘어나는 상상을 했다. 폐교마다 교장의 학교가 세워진다면 어떻게 될까 생각하다가 갑자기 무서워졌다.

"우리가 이미 평행 공간 속에 있는 건 아닐까?"

믐은 내 말을 들은 체도 않고 지도를 조금 축소해 보더니 말했다.

"그럼 그렇지. 폐교 가까운 곳에 원자력발전소가 있다."

"그게 왜?"

"차원의 벽을 뚫으려면 방사능 농도가 높은 게 좋거든. 원자력발전소 주변에서 유에프오가 자주 목격되는 이유다. 뿐만 아니라 엄청난 에너지가 필요해서, 폐교 하나도 기적적인 크기라고 할 수 있다."

믐의 추론이 맞았지만, 교장에게는 히든카드가 있었다. 짧은 봄이 가기도 전에 우리는 여러 번 습격을 당했다. 횟수를 기억하지 못하는 이유는 마치 소나기처럼 왔다 가서였다. 소나기가 몇 번 왔는지 일일이 세보는 사람은 없을 테니까.

인적도, 시시티브이도 없는 곳이면 언제든 나타났다. 교장은 우리를 죽이려고 하기보다 자신의 발명품을 자랑하고 싶던 것 같지만. 단지 과시를 위해 죄 없는 사람들의 목숨을 소모하려 하다니. 훈련받은 자객이라 봐야 지나 혼자서도 얼마든지 상대할 수 있고, 빛의 검을 꺼내 들면 나도 모기 잡듯 할 수 있었겠지만 죽이기 싫어서 그냥 물질 무기를 썼다.

죽이기 싫어. 나쁜 게 아니라 속은 사람들이니까. 우리도 속아서 싸웠던 적이 있으니까. 우리뿐만이 아니야. 평범한 사람들도 속아서 싸워. 남들도 다 하니까 괜찮은 줄 알고 나쁜 짓을 하고 때로는 나쁜 짓인 줄 알면서도 어쩔 수 없이 해. 그렇게 해야만 살 수 있다고 생각하니까. 너희와 우리가 죽어야 한다면, 세상에 죽지 말아야 할 사람 같은 건 없는 거야.

싸울 수 없을 정도로만 다치게 하는 게 최선이었다. 여건이 허락지 않아 스스로 물러갈 때까지 시간을 끌거나. 죽이는 건 쉬운 일이었지만 죽이지 않으면서 이기기는 어려웠다. 내 목숨이 위험해지면 죽여야 했다. 상대가 고수일수록 죽일 수밖에 없었다. 나는 훈련을 받았지만 물질 무기를 써서 고수를 이길 방법은 없으니 빛의 무기를 불러들여야 했다. 미안하지만, 이번 생만이 아니라 영원히 생을 거두는 수밖에. 그렇게 하지 않으면 내가 죽게 될 테니까.

이러려고 시작한 일이 아니었는데. 행복까지는 아니어도, 사람들이 불행하지 않기를 바랐을 뿐인데. 자유롭게 살기를 바랐을 뿐인데. 행복도 불행도 없이 공포와 살기로 가득한 눈빛만 보고 있네. 결국에는 원점이었다. 끝나지 않는 순환의 고리가 나를 지치게 했다.

다른 게 있다면 평범한 사람들의 세상에서는 약한 자부터 죽지만, 우리가 속한 세계에서는 강한 자부터 제거된다는 사실이었다. 싸움의 성패가 갈리면 놈들은 온데간데없이 사라졌다. 싸움이 끝나기도 전에 갑자기 사라져버릴 때도 있었다. 그러고나면 꼭 목격자가 될 만한 사람이 나타나곤 했다.

"어차피 투명 공간인데 왜 사람 없을 때만 공격하냐?"

"저들은 안 보이지만, 우리가 사라졌다 나타나는

걸 누가 보면 안되니까."

목격되지만 않으면 누구든 흔적 없이 죽일 수 있다는 뜻이겠지. 폐교는 소나기가 아니라 호수라서 영원히 수장시킬 수도 있으니 자신 있으면 한번 와보라는 뜻이기도 하고. 내가 너를 처음으로 죽일 때 했던 말을 그대로 지켜줄게.

'천 번이고 만 번이고 다시 죽여 줄게.'

아니지, 이번에는.

'너의 영혼의 영혼까지 삭제해줄게.'

폐교까지 가는 건 어렵지 않은 일이지만 폐교의 평행 공간으로 들어가는 데는 특별한 장치가 필요했다. 그 키는 몇 명만이 갖고 있었고 그중 한 명이 제프였다. 광어의 어장 주인이자, 교장의 뒷배.

"데커는 지구인 명령은 안 듣는다며?"

"제프는 지구인이 아니라 돈이다."

우리는 틈날 때마다 제프를 쫓아다녔다. 어떻게 접근해야 할지 몰라 쫓아다니기만 했다. 제프는 우리로서는 이해할 수 없는 생활을 했다. 차를 타고 어딘가로 가서 사람들과 이런저런 이야기를 하다가, 다시 차를 타고 어딘가로 간다. 장소와 사람은 그때그때 바뀌었지만,

사람들과 이야기하는 건 같았다. 그는 차 아니면 건물 안에만 있었다. 열린 공간에 있는 경우가 없었다. 차에 타고 있을 때에도 경호원 차량 두 대가 붙어 다녔다.

"저런 사람한테 무슨 수로 접근하냐?"

"저게 무슨 일이라고……. 단 하루도 놀지를 않네."

제프가 무슨 일을 하는지, 대체 어느 부분이 일인지는 알 수 없었다. 제프는 끊임없이 대화를 할 뿐이었다. 어제 한 이야기를 오늘도 하고, 남에게 들은 얘기를 자신의 말인 양 전달하고, 며칠 뒤에는 모두 잊어버려서 주기적으로 기억상실증에 걸리는 사람 같았다. 그는 자주 판단을 내리곤 했는데 비서의 임무는 그의 말을 대신 기억해주는 일인 것 같았다. 비서는 매일매일 그의 판단을 복기했고, 신기하게도 그는 스스로 기억은 못 하면서도 비서가 빼먹은 것은 귀신같이 알아채 짚어내곤 했다.

보통 사람은 길든 짧든 선 위에 서 있지 않나. 그날 벌어 그날 사는 사람도 하루라는 선 위에 서게 마련인데, 그는 그냥 스스로 하나의 점이 돼버린 사람 같았다. 고립되어 있지만 분주하게 움직이는 점. 마치 잠수함이나…… 잠수함처럼.

그는 집도 여러 채였다. 그때그때 기분에 따라 돌아갈 곳을 정했다. 그가 정박한 항구를 확인하는 게 우리 미행의 끝이었다.

　　"그냥 확 들어가버리는 건 어떠냐?"

　　"우리 정체는 다 노출되고?"

　　"어차피 교장을 아는 자 아니냐?"

　　의견을 내는 일이 거의 없는 믐이 단호하게 잘라 말했다.

　　"교장을 아니까 무슨 무기를 갖고 있을지 모른다. 지나 혼자 들어가야 할 텐데 그러지 않는 게 좋을 것 같다."

*

　　미행이 길어져서 들킬 것 같기는 했다. 안 들킨다고 더 유리할 것도 없어서 대놓고 따라다녔지만 경호원이 와서 창문을 두들길 줄은 몰랐다.

　　"아, 네. 길 좀 찾느라. 차 빼겠습니다."

　　믐이 대충 둘러대고 차를 출발시키려 하자 이번에는 여러 명이 차 앞을 가로막았다.

"회장님이 안으로 모시랍니다."

잡아뗄 거면 회장님이 누구냐고 하든지. 믐은 당황한 나머지 "누굴요? 저를요?" 하고 말았다.

"네 분 다 안으로 모시랍니다."

우리는 서로를 바라보며 눈빛을 교환했다. 네 사람 모두라면 걱정할 게 없었다.

우리가 들어간 집은 제프의 거처 중 중세 유럽풍으로 디자인된 곳이었다. 정교한 문양의 웨인스코팅 몰딩, 아무래도 종이가 아니라 천인 것 같은 부분 벽지, 빗살무늬 나무 바닥에 다양한 모양의 골동품 가구가 적당한 거리를 두고 서 있었다. 무엇보다 접시 장에 진열된 접시들이…….

"뭐가 이렇게 예쁘냐?"

유이가 거실을 빙글빙글 돌며 황홀해했다.

"어서 와."

제프는 수가 놓인 비단옷을 입고, 대리석을 통째로 깎아 만든 듯한 식탁에 앉아 있었다. 동양인 같지도, 서양인 같지도 않은 중년 남자. 한국말의 미국 사투리 같은 말투. 친절한 것 같지만 일방적인 태도.

"쫓아다니느라 고생했어. 메뉴는 나랑 똑같이,

괜찮지?"

"밥 먹으러 온 거 아닌데?"

지나가 말했지만 그는 이미 냅킨을 풀고 있었다.

"먹고 해. 할 말도 있고."

웨이터들이 그림자처럼 오가고 있었다. 전채 요
리가 몇 개 나왔는데 우리가 먹지 않자 제프는 자신의
것을 우리에게 나눠주고 우리 것을 하나씩 가져갔다.

"이제 먹을 수 있지?"

나는 캐비어가 섞인 음식을 하나 먹어보았다. 캐
비어에서는 보통의 생선알보다 밍밍하고, 덜 비린 맛이
났다. 잠시 후 나온 스테이크는 향이 강했다. 나는 한 조
각 먹는 둥 마는 둥 하다 말았다. 유이는 원래 소고기를
먹지 않았고, 지나는 물만 마시며 꼿꼿이 앉아 있었다.
열심히 먹고 있는 건 믐뿐이었다.

"왜, 입맛에 안 맞아? 잘 모르는 모양인데 이게
진짜 소고기야. 평생 풀만 먹고 자란 소. 너희들이 굽던
거랑 달라서 안 익숙한가?"

우리가 누군지, 왜 왔는지 안다는 이야기를 꼭 이
렇게.

"너도나도 소를 먹는 시대지. 너희가 먹는 소는

GMO 옥수수를 먹고, GMO 옥수수는 석유로 키우지."

"뭐래⋯⋯."

"여기서 문제. 지금부터 석유를 한 방울도 안 쓰면 어떻게 될까? 지구의 기후는 정상을 되찾고 모든 사람은 행복해질까?"

제프는 우리에게 입을 열 기회도 주지 않았다. 이미 맥락을 다 정해놓은 것 같아서 사실 어디에서 끼어들어야 할지도 알 수 없었지만.

"앱솔루틀리 낫. 내가 말해줄게. 인류의 구십 퍼센트는 죽어야 해. 지금 지구에서 구십억 인구가 살 수 있는 이유는 오직 하나, 석유 때문이니까. 그런데 가상공간이 왜 나쁘지? 업로드야말로 인류의 마지막 희망인데?"

인류의 마지막 희망이 아니라, 가진 자들의 마지막 거짓말이겠지.

"모든 사람이 시간과 공간으로부터 해방되는 거야. 우리는 더 이상 물질이나, 돈의 노예가 아니야! 그뿐인가. 지구를 안전하게 지키면서도 백억, 아니 무한대의 인구가 영생을 누릴 수 있어. 정말 멋지지 않아?"

제프는 갑자기 흥분해서 눈빛까지 반짝거리고

있었다. 마치 공연을 막 성공리에 끝내고 박수를 기다리고 있는 발레리노 같았다.

지나가 한숨을 한 번 길게 쉬더니 말했다.

"그래서 죄 없는 사람 죽이라고 시켰니? 지구 걱정하는 사람들 속여서 용병으로 만들고?"

제프는 갑자기 생각났다는 표정을 지으며 말했다. 보나 마나 어디선가 다른 사람에게 주워들은 말이겠지만.

"인간 몸에 인간 세포보다 세균이 더 많은 것 알아?"

"……."

"세균이 나인티 퍼센트면 휴먼은 텐 퍼센트밖에 안돼. 구십 퍼센트가 세균인 거지."

"……."

"그런데도 인간이 세균에 점령당하지 않는 이유가 뭘까? 인간이 세균보다 강해서? 노, 천만에. 세균들이 서로 싸우기 때문이야. 지들끼리 싸우느라 인간의 몸을 무너뜨릴 만큼 세력이 늘어나지 않는 거지. 우리는 그걸 면역이라고 부른다."

이게 너의 대화방식이었구나. 대화를 좋아하는

게 아니라, 헛소리를 좋아하는 거였어. 나는 조금이라도 빨리 나가고 싶다는 생각밖에 없었다.

"우리는 평행 공간으로 들어가는 키만 받으면 돼."

"키? 애플 밤을 말하는 건가?"

"그래, 그거."

"사과 폭탄이라면, 얼마든지 줄 수 있지."

정말? 제프는 의아해하는 나를 한동안 쳐다보더니 물었다.

"근데 그게 끝이야? 너희는 사과 폭탄을 갖고, 그럼 나는?"

지나가 픽, 웃은 다음 말했다.

"안 아프게 죽여줄게. 고통을 느낄 새도 없이."

제프가 지나의 웃음을 따라 하며 말했다.

"하지만 어떻게? 할 수 있겠어?"

지나의 얼굴에서 서서히 웃음기가 걷혔다. 분노를 일으키려는 줄 알았는데 점점 곤혹스러운 표정이 되어갔다. 지나가 왜 그런 표정을 짓는지는 물어보기 전에 알 수 있었다. 손에 힘이 모이지 않았다. 활성화가 되지 않았다.

"이제 알았나 보네? 그러게 좀 먹으라니까."

지나와 나는 나이프와 포크를 들고 일어섰는데, 제프는 예상외로 싸움을 잘했다. 냅킨 링을 손에 끼고 우리의 공격을 다 막아내더니 접시를 휘둘러 우리 둘을 넘어뜨렸다. 두개골의 급소를 노렸는지 정신은 있는데 몸이 말을 듣지 않았다.

"와서 처리해!"

웬일인지 제프는 무선 기기를 이용하지 않고 직접 나가서 경호원들을 불렀다. 문이 열린 틈에 유이가 밖으로 뛰쳐나가지 않았다면 우리는 그날 다 죽었겠지.

유이는 제프를 밀치고 달려 나가 정원 위에 픽 쓰러져버렸고 거의 동시에 수십 명의 경호원은 일시정지 화면처럼 그 자리에 우뚝 서버렸다.

"쉣, 쉣, 쉣······."

제프는 짜증을 부리며 거실을 지나 복도 안으로 들어갔다. 지나와 내가 일어서는 데 성공했을 때는 그의 손에 권총이 들려 있었다.

"누가 첫 번째야."

제프가 지나와 나에게 총구를 번갈아 겨누며 말했을 때 믐이 자리에서 일어나 용도를 알 수 없는 앤티

크 가구 앞으로 걸어가지 않았다면 우리는 다 죽었겠지.

"이것도 접시 장이다. 십팔 세기 영국 물건처럼 보인다."

"뭐 하는 거야?"

"진짜 좋은 물건은 안 보이게 둔다. 좋은 접시 장에 문이 있는 이유다."

"입 닥치고 당장 거기서 나와."

제프의 총구가 믐에게로 옮겨간 사이 지나와 나는 각자 비슷하게 생긴 다른 접시 장 옆으로 달려갔다.

"너야말로 당장 사과 폭탄 가져와."

"손대지 마라. 손대는 놈부터 죽여버린다."

"우린 한꺼번에 쓰러뜨릴 거야. 네가 누굴 쏘든 두 개는 무조건 쓰러진다."

제프가 나를 겨냥하더니 카운트다운을 하기 시작했다. 텐…… 나인…… 에잇…… 세븐, 하기도 전에 지나가 장 하나를 쓰러뜨렸다.

제프는 소리를 지르며 총을 세 방이나 쏘았지만 지나를 맞추지 못했다. 겨우 패닉에서 벗어났을 때는 지나가 키 큰 장 옆에 딱 붙어 있어 쏘지 못했다.

지나는 차분한 목소리로 제프에게 물었다.

"우리를 죽이는 게 중요해, 아니면 접시들을 살리는 게 중요해?"

"……."

"당장 사과 폭탄 가져와."

들어갈 때 하나, 나올 때 하나. 제프는 에누리 없이 사과 폭탄을 두 개 가지고 왔다. 아마도 식탁에 나란히 올려놓고 이렇게 말하려던 거겠지.

'어쨌든 접시들이 깨졌으니 그냥은 못 보내겠어. 어디 재주껏 가져가봐. 아까처럼 동시에 움직이든지. 어떤 경우든 한 명 이상은 반드시 죽는다. 세 명 다 죽을지도 모르고.'

하지만 제프가 사과 폭탄을 가져와 식탁 위에 놓았을 때 우리는 이미 접시 장의 문을 열어 접시를 잔뜩 꺼내어 든 후였다.

"너희…… 뭐 하는 거야."

지나가 외쳤다.

"던져!"

우리는 접시를 번갈아 하나씩, 제프가 충분히 잡을 수 있을 정도의 속도로 던졌다. 던지면서 한 발, 한 발, 앞으로 전진했다. 첫 접시가 날아갔을 때 제프는 총부터 내려놓았다. 그 뒤에는 날아오는 접시를 안전하게 받아서 식탁 위에 올려놓느라 총에는 손을 가져갈 생각도 못 했다. 접시를 몇 개 던지지도 않았는데 총과 사과 폭탄이 우리 손에 들어와 있었다. 내가 총을 잡아 제프를 겨냥하자 지나와 믐은 팔뚝을 기울여 접시들을 바닥에 떨어뜨렸다.

제프는 숨소리도 내지 못했다. 영혼이 빠져나간 표정과 몸짓을 하고 있었다. 정말 영혼이 빠져나가는 게 어떤 건지 경험해볼래? 너는 죽어 마땅한 정도가 아니라, 죽어야 정의로운 인간 같은데.

"하지 마, 다희야."

지나가 내 뒷덜미를 천천히 잡아당기며 말했다.

"저놈을 죽이면 경찰 때문에 골치 아파질 거야."

"하지만……."

"바보한테 걸려 넘어지지 말자. 우리 일이 더 중요해."

나는 나오는 순간까지 총을 겨누기만 했다. 밖에 나와서도 경호원들과 무의미한 싸움을 벌일 일이 없었다. 믐이 현관 앞에 쓰러져 있는 유이를 안아 올린 것으로 상황은 종결이었다.

"근데 손해배상 하라고 하면 어쩌지?"

내가 걱정하자 믐이 고개를 가로저었다.

"합법적으로 얻은 물건이 아닌 데다, 증거가 없다."

"어째서?"

"너희 능력을 차단하려면 강한 주파수, 자기장을 발생시켜야 한다."

"그래서?"

"시시티브이도 다 꺼진다."

"아……."

우리가 대문만 열고 나가면 평화롭게 끝날 일이 었었다. 아무런 불법적인 상황 없이, 아무도 다치거나 죽지 않고. 그런데 굳이 제프가 문을 열고 뛰쳐나왔지. 우리를 향해 마구 권총을 쏴대기 시작했지. 운이 좋아 살아남은 줄도 모르고.

우리가 경호원들 뒤에 숨어 있는 동안 지나가 달려갔다. 지나는 총알이 다 떨어질 때까지 앞에 서 있다가 제프의 가슴 속으로 손을 집어넣었다. 제프의 사인은 심장마비로 기록되었다. 경호원들은 그가 혼자 난동을 피우다가 쓰러졌다고 증언했다.

투명 공간
앨리스

마음은 기억이 아니라 기적이니까

반복해서 꾸는 꿈이 있었다. 아니지, 모든 꿈이 같은 꿈으로 끝나는 거지. 교장이 아인이를 향해 빛의 검을 휘두르던 장면에서.

　　나는 그 장면을 보지 못했다. 교장이 원래 죽이려던 건 나였고, 내 앞을 먼저 가로막은 사람은 아인이가 아니라 지나였으니까.

　　내가 본 건 지나의 등이었다. 읽을 수 없는 언어로 가득 찬 등. 세상 그 어느 벽보다도 단단해 보이던 등. 어떻게 그럴 수 있었을까. 얼마나 사랑하면, 그 애의 사랑을 위해 희생할 수 있는 걸까.

오랫동안 원망해왔지만, 아인이를 이해하는 건 어렵지 않았다. 다른 사람의 사랑을 내 사랑의 제물로 삼을 수는 없다고 생각했겠지. 끊임없이 마음을 비추고 비추고 또 비추면 원래의 내 마음이 무엇이었는지조차 알 수 없게 될 테니까.

문득 두려워질 때마다 거울을 든 자들을 떠올렸다. 거울 뒤에 서 있는 자들. 거울로 거울을 비추는 자들. 서로가 서로의 거울에 의지하는 자들. 당신들은 타인의 것을 자신의 것이라고 말하지. 타인의 기억을 파 먹고 점점 더 큰 허기로 자라지.

너희가 나에게 거울을 가르쳤어. 거울에 비친 나를 미워하게 만들었어. 미움은 땅속줄기 같아서 나의 어떤 감정도 미움에서 자유롭지 않아.

구두가 안 맞으면 발을 잘라낸다는 이야기처럼, 나는 내가 모르는 나를 발견할 때마다 나를 자른다. 누가 나의 미소를 칭찬하면 더 이상 웃지 않고, 누가 나에게 빛난다고 하면 가슴의 불을 꺼버려. 나를 끄고 또 끄다가 스위치로 가득한 방이 되어버려.

어떤 기억이 폭탄이 될지 몰라서 밤마다 어둠 속에 가만히 서 있어.

이제는 너희에게 스위치를 달아주려고. 어둠 속에서 만들어진 나의 모든 스위치를.

너희 같은 것들 아무리 죽여봐야 원래의 내가 돌아오지는 않겠지만, 적어도 거울에 비친 내 얼굴을 조금 덜 미워할 수는 있겠지.

*

놈들이 무슨 일을 꾸미고 있든, 성공하려면 오래 걸리겠지. 평행 공간을 한곳에만 만든 것도 아닐 테고, 우리 같은 애들은 세상 어디든 또 있다고 나는 믿었다. 이 일을 지금 해야 하는 이유는 하나. 교장이 돌아온 걸 우리가 알고, 우리가 안 걸 교장도 알았기 때문이다.

나는 항상 꼬리를 물고, 꼬리를 물리고. 반복의 교차점에 있는 사람은 언제나 나였다.

'우리도 널 살리느라 싸웠는데.'

내가 걸어놓은 저주니까 내가 풀어야지. 내가 고리를 끊든 고리가 나를 끊든 너희에게 이런 반복은 더 이상 없을 거야.

어차피 교장을 대적할 사람은 나뿐이었다. 빛의

무기를 쓰는 건 교장과 나밖에 없으니까. 너희는 얼마든지 좋은 일에 너희의 능력을 쓸 수 있어. 사람의 목숨을 살릴 수도, 영적인 위안을 줄 수도 있겠지. 하지만 나에게는 파괴하는 힘뿐이니까.

　'혼자 이런 데는 이유가 있게 마련이고.'

　나는 아이들이 잠든 틈을 타 사과 폭탄을 훔쳤다. 믐아 미안해. 자동차 좀 빌려 쓸게. 고마워 유이야. 너 때문에 항상 유쾌했어. 사랑해 지나야. 남은 생은 너를 위해서 살아. 너는 꼭 그래야만 해. 걱정 마, 돌아올 거야. 나 너희랑 여행 가고 싶거든.

　스마트폰을 끄고 밤길을 달렸다. 한 번도 안 쉬고 달렸는데 꼬박 네 시간이 걸렸다. 믐의 말대로 학교 가까운 곳에 원자력발전소가 있었다. 폐교는 내비게이션에 등록돼 있지 않아서 찾는 데 조금 애를 먹었다.

　차로 주변을 한번 훑어보았다. 정리되지 않은 풀숲과 버려진 슬레이트 창고들 안쪽에 전쟁 유적지처럼 폐교가 있었다. 밤이 아니라 낮이어도 왠지 무서운 생각이 들어 가보지 않을 것 같은 곳이었다. 포장도로 가깝게 진입로가 있었지만 외길인 데다 너무 좁았다. 차를 세워두면 너무 눈에 띌 것 같아 먼 곳에 차를 세우고 야

산을 넘어 폐교에 진입하기로 했다. 어차피 평행 공간인데 이렇게까지…… 그래도 혹시 모르니까 조심하는 게 좋지…… 를 반복하며 꼬박 한 시간, 땀에 젖어 비 맞은 야생동물 꼴이 되었는데 그러기를 다행이었다.

숲속에 누군가가 있었다.

작고 호리호리해서 인간보다 작은 외계 종족인가 했는데 두 명의 소년이었다. 동네 아이들인가? 하자마자 검을 차고 있는 게 보였다. 위아래 다 검은 옷. 검은 운동화.

'보초를 세웠구나. 하필 왜 애들을……. 그런데 바깥에 내보내도 애들이 도망가지 않는다고?'

나는 풀숲에 바싹 엎드린 채 기다렸다. 여섯 시가 되자 아이들은 조심스레 철조망으로 다가갔다. 개구멍을 통과해 들어간 다음 사과 폭탄을 꺼냈는데 주위를 얼마나 살피는지 아이들이 침입자처럼 보였다. 어스름한 빛에 드러난 아이들의 얼굴은 더 어려 보였다. 키가 더 큰 아이는 여자 같기도, 남자 같기도 했다. 염색한 것 같지는 않은데 머리카락이 붉은색을 띠는 아이였다. 붉은 머리가 작은 아이에게 잔소리를 했다.

"왼쪽으로 돌려야지."

"왼쪽으로 돌리지 말랬어요."

"그건 안에 있을 때 얘기지. 들어갈 땐 왼쪽. 나올 땐 오른쪽."

광어 놈. 그냥 항상 왼쪽으로 돌려서 터뜨리면 된다더니 거짓말했구나. 들어갔다가 영영 안 나왔으면 했나보지.

"안에서 왼쪽으로 돌리면 어떻게 되는데요?"

"신참이 질문 많이 하게 돼 있어?"

"아닙니다. 죄송합니다."

붉은 머리가 바닥에 사과 폭탄을 던지자 두 아이는 갑자기 사라졌다. 동시에, 잠시지만 나는 날카로운 두통을 느꼈다.

개구멍은 나에게 아슬아슬했다. 철조망 주변에 나무와 풀이 많아 우회해서 접근하며 구조를 살폈다. 여기에 어세서들이 산다면 교실은 죄다 숙소겠고, 훈련은 운동장에서도 산에서도 강당에서도 하겠지. 나는 뭄이 했던 말을 떠올렸다.

"평행 공간이 이 세계와 비슷하게 생긴 이유는 실재와 가상이 모두 가능한 공간이기 때문이다."

"알아듣게 설명하거라."

"만약 들어간 자리에 벽이 있으면 벽과 하나가 될 테니 건물 구조는 똑같을 거다. 하지만 다른 물체는 얼마든지 있을 수 있으니 엉뚱한 물체와 하나가 되지 않으려면 극히 조심해야 한다는 얘기다."

물체가 없는 건 기본이고 주변에 사람도 없어야 겠지. 들어가자마자 발각되면 안 되니까. 나는 강당 쪽으로 방향을 잡았다. 버려진 건물치곤 관리가 잘되어 있어서 침입할 곳이 만만치 않았다. 이런 걸 신경 쓰지 않았다니 내가 지나에게 너무 익숙해졌구나 싶었다. 물론 지금은 아무도 없는 바깥 세계였지만 신중해야 했다. 보초 말고도 감시하는 방법은 또 있을 수 있으니까. 유리창을 깨기보다는 높은 곳의 열린 창문을 이용하는 게 좋을 것 같았다.

믐이 든든하게 싸놓은 가방이 도움이 되었다. 가방에는 로프 발사총도 매달려 있었다. 다시 한번 믐과 했던 대화가 떠올랐다.

"그런 게 왜 필요하냐?"

"세상일은 모르는 거다."

나는 이 층 복도에 난 창으로 진입할 수 있었다. 실내는 아주 익숙하게 생긴 구조였다. 아무것도 없이 골

151

조만 남아 있지만 강당일 수밖에 없는 곳. 희미하게 남은 농구 코트 라인을 내려다보자 외로운 감정이 스쳐 지나갔다. 이 층으로 들어오는 통로에 자리를 잡고 사과 폭탄을 꺼냈다. 그리고 아이들이 했던 대로 왼쪽으로 꺾은 다음 바닥에 집어던졌다.

부우우웅.

한동안 나는 아무것도 없는 시공간 속에 있었다. 나의 몸조차 사라져, 추상적인 느낌만으로 존재하는 것 같았다. 빠르게 회전하면서 분해되는 것 같기도 하고 단단히 뭉쳐지는 것 같기도 했다. 무중력에 있는 느낌과 사방에서 잡아당기는 힘을 동시에 느꼈다. 그러더니 갑자기 원래대로 돌아와 있었다. 강당에 불이 켜지지 않았다면 나는 공간 이동에 성공했는지 실패했는지도 몰랐을 것 같았다.

"생각보다 빨리 와서 다행이야."

일 층에서 체육복을 입은 남자 한 명이 나에게 외치며 말했다.

"그동안 강당에서 자느라 힘들었거든."

강당에 있는 건 남자 혼자가 아니었다. 따끔, 하고 무언가가 날아와 등에 박혔다. 잠시 후 목에 하나 더.

나는 무엇에 맞았는지 확인해볼 새도 없이 균형을 잃고 자리에 쓰러졌다.

*

정신을 차렸을 때 나는 누운 채 묶여 있었다. 눈앞이 흐리고 머리가 가누어지지 않아 잘은 알 수 없지만 수술 침대 따위에 묶여 있는 것 같았다.

뭐 하는 짓이지. 이번에는 빛무리 몸이 아니라, 아예 육체를 갈기갈기 찢어 죽이려나. 내가 교장의 목을 베면서 그랬으니까. 차마 영혼까지 거둘 수는 없어서 이번 생만 거두는 게 아니라, 너를 한 번만 죽이면 내가 너무 억울하니까 이렇게 하는 거라고. 그걸 복수하려고 이러는 건가.

"서둘러라. 교장님 오실 때 됐다."

어떤 남자가 말하자 몇 명의 아이들이 "예!" 하고 대답했다. 나는 여전히 눈앞이 비에 젖은 유리창 같고 목은 몸에서 분리된 것처럼 아프기만 하고 힘이 하나도 없었다. 이럴 때 유이가 있으면 주변에서 무슨 일이 벌어지는지, 아니 학교 전체의 상황이 어떻게 흘러가는지 상세하게 전달받을 수 있을 텐데.

　나는 혼자서 할 수 있는 게 아무것도 없구나. 싸우다 진 것도 아니고 들어오자마자 일 분도 안 돼 잡혀서 이게 뭐 하는 거지. 왜 이렇게 한심한 거지.

　다시 한번 몸에 힘을 줘보았으나 소용없었다. 내 몸은 날씨가 급변하는 무거운 산맥 같았다. 한쪽은 천둥이 치는데, 다른 쪽은 뜨겁게 달아올랐다. 홍수에 차갑게 마비된 가까운 곳에서 산불이 일어났다. 온갖 이상기후가 내 몸을 수십 조각으로 나눠놓고 있었다.

　마이크 소리가 들렸다. 알아들을 수 없는 말이었다. 먼 부족의 언어나 방언 같았다. 함성이 잇달았다. 아이들의 소리였다. 아무래도 나는 강당의 무대 뒤편에 있는 것 같았다. 무슨 짓을 하려는 거지.

　"지금 나가!"

　"예!"

　어른 남자가 말하고 아이들이 답하자 내가 누운 침대가 움직이기 시작했다. 눈에 어른거리는 빛이 어두워졌다가 다시 밝아졌다. 이번에는 아까보다 훨씬 더 밝았다.

　"오늘 너희는 악령이 비유가 아님을 알게 될 것

이다."

교장의 목소리였다. 다음에는 다시 알아들을 수 없는 말. 그다음에는 다시 아이들의 함성.

무대인 모양인데, 대체 뭘 하려는 거야. 사람들 앞에서 나를 해부라도 하려는 걸까.

감각도 없는 몸이 저 혼자 덜덜 떨려오기 시작했는데 누군가가 내 손목에 차가운 것을 채웠다. 수갑이었다. 침대의 구속 장치는 수갑이 채워진 후에 풀렸다.

"도둑은 훔치고, 죽이고, 멸망시키려고 온다!"

다음 순간, 나는 공중에 떠오른 게 아니라 손목이 절단되었다고 생각했다. 오른 손목이 먼저, 곧이어 왼쪽 손목도. 손목에 수없이 많은 실타래 같은 것이 연결돼 있어서 손목이 뽑히면서 그 실타래들도 뭉텅이로 뽑혀 나간 거라고 생각했다. 발바닥까지 뻗어 있던 실타래들이 한꺼번에.

힘이 쭉 빠진 후에야 저린 감각이 온몸에 퍼지면서 내가 공중에 매달려 있다는 사실을 알았다.

눈을 뜨자 교장이 보였다. 아무리 육체를 바꿔도 너의 빛무리 몸은 그대로네. 꼭 화산이 터진 것 같지. 네 마음은 열정으로 가득할지 몰라도 남에게 보이는 것은 자욱한 연기와 잿빛 먼지뿐.

"잘 봐라. 이게 외계인의 실체다."

교장은 한 손에서 빛의 사슬을 뽑아 들었다. 공중에서 빙빙 돌리더니 나를 향해 던졌다. 피했다고 생각했는데 사슬이 목에 감겼다. 목을 태울 것처럼 파고들어서 잡아당기기 시작했다.

'내 빛무리 몸을 뽑아내려는 건가.'

육체는 묶여 있고, 빛무리 몸은 사슬에 붙잡히고, 나는 이제 싸움은커녕 목을 가눌 힘도 없으니 너에게 뽑혀 나가겠구나. 뽑혀 나가자마자 산산조각 나겠지. 아인이가 그랬던 것처럼, 작별 인사할 새도 없이.

— 다희야, 조금만 기다려.

나는 내가 소거되기 전에 환청을 들었다고 생각했다. 강당의 조명이 나갔다. 목에 감겨 있던 사슬도 네온사인이 나가듯 꺼졌다.

"사악한 것들이 재주를 부리는군."

나는 그제야 고개를 돌려 강당을 보았다. 강당에는 사십 명 정도 되는 인원이 두 줄로 앉아 있었다. 세 명의 남자 어세서를 빼고는 모두 어린애였다. 들어올 때 보았던 아이들과 엇비슷한 또래. 공포에 사로잡힌 눈빛들이 반짝반짝 빛나고 있었다.

그리고 다시 조명이 돌아왔다.

"친구들 잔재주가 오래가지 않네."

교장이 빛의 사슬을 다시 불러들였을 때, 나는 강당 안을 가로질러 날아오는 무지갯빛의 형상을 보았다.

설마 지나인가? 생각하기도 전에 나는 익숙한 품에 안겼다. 허공에 둥실 떠올랐다가 물에 빠졌는데, 물에 젖는 게 아니라 물의 일부가 되는 느낌이었다.

"혼자 다니지 말랬지."

물방울이 물방울에게 내는 것 같은 소리.

"또 그러면 혼난다."

물이 빠져나가고 내가 정신을 차렸을 때는 새로운 무대가 펼쳐져 있었다. 교장은 지나를 빛의 사슬로 공격했지만, 지나에게는 평범한 사슬이나 마찬가지였다. 지나는 사슬에 감긴 채로 교장을 쫓아다녔다. 물질무기를 뽑아 들고 무대 위에 올라온 세 명의 어세서는 끈 잘린 꼭두각시처럼 주저앉았다. 지나가 그들의 척수에 금속 핀을 박은 거였다.

당황한 교장이 양날 검을 불러들였으나 듬의 말대로 평행 공간 안에서는 지나도 빛의 무기를 볼 수 있었다. 지나는 가까운 미래도 보았으므로 교장의 검은 지나의 몸을 바람결로도 스치지 못했다.

"발전기를 건드려서 들어온 건가?"

"그런 건 모르고, 친구가 손 좀 봤다."

"너희가 무슨 짓을 한 건지는 알고?"

"무슨 짓을 할 건지는 알지."

지나가 허리춤에서 핀을 뽑아 들며 말했다. 교장은 싸울 자세를 취하는 대신 사과 폭탄을 꺼내어 들었다. 왼쪽으로 꺾어 바닥에 집어던지며 말했다.

"나의 제국에 온 걸 환영한다."

큰일이 벌어지나 했는데, 잠시 온몸이 부르르 떨렸을 뿐 아무 일도 벌어지지 않았다. 무대 뒤로 도망간 교장을 쫓아가려는데 아이들이 우르르 검을 뽑아 들고 올라와 막아섰을 뿐이었다.

"빨리 쫓아가. 여긴 나한테 맡기고."

"너 혼자 사십 명을 상대하겠다고?"

아이들이 뽑아 든 검의 끝이 떨리는 게 보였다. 나는 어셔서 중 한 명이 놓친 칼을 집어 들며 말했다.

"충분하지. 애들이잖아."

"응, 애들이어서 못 죽이잖아."

못 죽인다는 말이 더 무서웠다. 아이들은 칼끝에 살기만 모으고 있었다. 새벽에 본 붉은 머리와 눈이 마주쳤다. 아이의 눈에 떠오른 것은 공포를 밑불 삼아 타오르는 분노였다. 네가 정 공포와 분노를 구분할 수 없다면, 혼란과 의혹의 차이를 가르쳐주는 수밖에.

나는 교장이 했던 것처럼 빛의 사슬을 불러들여 얼음이 돼 있는 어서에게 한 명에게 던져 목을 감았다. 내가 사슬을 잡은 손에 힘을 주자 어서의 빛무리 몸이 육체 밖으로 끌려 나오기 시작했다.

아이 몇 명이 입을 벌리며 자신도 모르게 칼을 내렸다.

"내가 외계인이면, 이 자도 외계인인가?"

아무도 대답이 없자 지나가 아이들에게 말했다.

"너희한테도 해볼까? 너희도 똑같아. 빛무리 몸은 누구에게나 있어. 이즈비에게만 있는 게 아니야."

"……."

"우리는 결국 다 이즈비기 때문이야."

"……."

"몇천 광년 떨어진 행성의 가상공간에 사는 이즈비도 있고, 우리처럼 지구에 사는 이즈비도 있을 뿐이야."

"닥쳐라, 이 외계인들아."

붉은 머리가 앞으로 나서며 반문했다.

"우리가 너희처럼 외계인이라고? 유혹하고, 거짓말하고, 삼킬 자를 찾아 돌아다닌다고?"

"너희는 속고 있는 거야. 저 밖의 이즈비들은 우리의 일에 관여하지 않아. 가끔 나쁜 이즈비들이 있는 거지. 이놈들이나 교장처럼."

붉은 머리는 지나에게 경멸하는 표정을 지어 보였다. 얼마나 노골적이고 적나라한지, 정말 나에게 문제가 있나 의심하게 만들 정도로.

"교장님은 이즈비가 아니라 나중 사람이시다. 이즈비들이 우리에게 씌워놓은 굴레를 벗겨주러 오셨다."

하지만 지나와 나에게는 익숙한 경멸이었다. 공포에서 벗어나기 위해 사람들이 가장 많이 선택하는 감정. 더구나 오랫동안 세뇌를 당해온 어린애라면 그건 감정이라기보다 정서에 가깝지.

"너도 어릴 때 외계인 봤니? 아니면 부모님이 돌아가셨어?"

아이가 잡은 칼의 각도가 미세하게 틀어졌다.

"누군가에게 은인인 척하는 가장 빠르고 확실한 방법이 뭔지 알아?"

"뭐라는 거야……."

"그 사람이 가진 걸 죄다 빼앗는 거야. 일부만 되돌려줘도 상대는 큰 은혜를 받았다고 생각할 테니까. 원래 자신의 것인지도 모르고."

아이가 다시 칼을 내밀어 공격 자세를 취하며 말했다.

"역시 잘 아는구나. 너희 얘기라서."

지나가 아이의 칼에 자신의 손가락을 통과시키며 말했다.

"우리가 정말 외계인이면 너희를 벌써 죽였지, 안 그래?"

지나는 어세서의 가슴 안에도 손을 넣었다 뺐다 했다.

"이 아저씨들은 뭐 하러 살려뒀을까? 죽이는 게 훨씬 쉬운데?"

지나의 반문은 그 어떤 복잡하고 정확한 설명보다도 효과가 좋았다. 아이들 몇 명이 벌써 그러네, 하는 표정을 짓는 게 보였다. 붉은 머리는 거꾸로 언성이 높아졌다.

"우리를 현혹하기 위해서겠지! 그게 너희가 원하는 거니까!"

칼끝이 곤충의 더듬이처럼 까딱거리고 있었다.

"우리는 너희를 원하지 않아."

붉은 머리의 얼굴에서 무언가가 툭, 꺼졌다.

"우리한테 너희가 왜 필요해? 지금도 걸리적거리기만 하는데. 교장한테 필요할 수는 있겠네. 지금도 너희가 대신 막아주고 있으니까."

아이들은 주저하는 분위기가 되었다. 단지 무서워서는 아닌 것 같았다. 아이들의 눈빛을 흔들고 있는 것은 더 이상 공포가 아니라 흔들림 그 자체였다. 붉은 머리는 질책하듯 아이들을 돌아봤지만 저도 선뜻 공격에 나서지는 못하고 있었다.

설득까지는 아니어도 불필요한 싸움은 피할 수도 있겠다고 생각했을 때 강당 허공에 안개 몸이 나타났다. 처음에는 유이인 줄 알았다. 하늘을 자유롭게 날아다니는 모습이 유이와 비슷해서. 아이들이 일제히 바닥에 무릎을 꿇기 전까지는.

"성녀님!"

어른 여자의 형상만 얼핏 보았을 뿐, 우리는 여자의 생김새를 머리에 새길 여유도 없었다. 허공에 멈춰 선 여자가 두 팔을 벌리자 창밖으로 까만 점들이 빼곡해지는 것이 보였기 때문이다. 점들은 곧 강당 안으로 쳐들어왔다. 이 층의 열린 창문들을 통과해서, 마치 페로몬의 노예가 된 벌떼처럼.

'나의 제국에 온 걸 환영한다.'

사과 폭탄을 던진 게 이것 때문이었구나. 자신의 비밀 병기를 투입하기 위해서. 아이들은 그저 시간을 끌기 위한 수단이었고.

새들이 가깝게 날아와 주위를 빙빙 돌았고, 나는 칼을 한껏 휘둘렀으나 아무것도 칼끝에 걸리지 않았다. 새들은 내가 닿지 못할 높이에서 맴돌고 있었다. 공중에 떠오를 수 있는 지나도 새처럼 빨리 움직이는 동물 앞에서는 속수무책이었다.

— 어지러워.

— 난 활성화가 자꾸 풀린다.

아이들의 함성이 들렸다. 지나와 나를 공격하기 시작한 거였다.

— 뛰어!

지나와 나는 벽 쪽으로 달렸다. 여러 명과 싸울 때는 벽에 붙는 게 상책이니까. 두세 명만 한꺼번에 상대할 수 있으면 오랫동안 버틸 수 있었다. 하지만 우리는 무언가에 중독되어가고 있었다.

— 아무래도 새 날개에 뭐가 있나 봐.

— 근데 왜 애들은 괜찮지?

— 면역이 있는 거겠지.

지나는 더 이상 활성화가 안 되는 모양이었고, 나는 어지럽다 못해 시야가 흐려지기 시작했다. 나는 정신까지 흐려지지 않으려고 애썼다.

이럴 때일수록 기본을 지켜야 해. 정중선. 중심이 정확한 칼은 누구도 못 막아. 각도가 더 바른 쪽이 상대를 넘어뜨리게 돼 있지, 하면서 내려치기만 반복하는 나는 누가 보면 하나의 동작밖에 할 줄 모르는 로봇 병정처럼 보였을 것 같다.

아이들은 한쪽이 우르르 무너지면 다른 쪽이 달려들었다. 아이들을 베지 않는 한 이 틈바구니에서 빠져나갈 방법은 없어 보였다.

지나가 칼을 휘두르는 중간중간 텔레파시로 말했다.

— 다희야.

— 응?

— 너를 좋아해서 그랬던 거야.

— 뭐?

— 아인이 때문이 아니라고.

지나는 검을 힘겹게 휘두르며 말을 이었다.

— 넌 그때 아무것도 선택할 수 없었잖아. 하지만
난 할 수 있었지.

검이 찢어질 듯 우는 소리와 지나의 텔레파시가
번갈아 들려왔다.

— 그거 알아? 미래를 봐도 미래를 못 바꿔.

— 그러면?

— 미래를 따라 하는 것에 가까워. 나는 너를 막
아서는 나를 봤을 뿐이야. 나는 그런 나를 따라 했을 뿐
이고.

어떤 기분일지 상상도 가지 않았다.

— 미래의 나도 그럴 테고, 또 그 미래의 나도. 최
초가 누구인지는 아무도 몰라.

마주 본 거울에 수없이 많은 내가 보이는 그런 기
분일까.

— 아인이가, 그럴 걸 못 본 건 미안해. 너한테 날 아오는 칼을 막으려면 활성화 상태가 아니어야 했거든.

— 왜 그런 소리를 해. 그러지 마.

정말 미래는 결정되어 있고, 우리는 그것을 따라 갈 뿐인가. 아니면 내가 이미 내린 결정의 결과를 보게 되는 건가. 그런 거라면 조금 덜 쓸쓸하네. 결과와 상관 없이 나는 나의 결정을 사랑하고 싶으니까.

아이들이 우리보다 강할 수는 없었지만 다시 일 어서기는 우리보다 잘했다. 지나와 나는 조금씩 긁히고, 찢어지고, 피 흘리기 시작했다. 능력을 발휘할 수 있다 면 얘기가 다르겠지만 이대로 간다면…….

— 애들을 죽이기 시작해도 우린 못 살겠지.

— 아마도. 지금은 미래가 안 보여서 다행이야.

나는 칼등을 휘둘러 몇 명을 기절시켰다. 칼등은 칼날보다 동작의 연결이 어렵고 회수도 느렸다. 사십 명 을 전부 기절시키기 전에 나는 치명상을 입게 되겠지. 한 번의 치명상은 곧장 또 다른 치명상을 불러오게 마련 이고.

지나는 검술이 훌륭했지만 칼을 피하는 데 익숙 하지 않았다. 공격하면서 동시에 수비를 하는 건 지나에게 어려운 일이었다. 지나는 이미 바깥쪽 허벅지에 가볍지 않은 상처를 입은 것 같았다. 온몸의 근육에 바늘 수백 개가 돌아다니고 있는 것 같았다. 더 구차해지느니 정해진 결과에 순응하는 게 낫지 않을까, 조금이라도 빨리 누군가의 칼을 받아들이는 게 더 편안하지 않을까 생각할 즈음, 강당에 누군가가 뛰어 들어와 외쳤다.

"뭐냐, 이건 또!"

목소리는 분명 믐인데, 말투는 유이였다.

"하다 하다 이젠 이즈비 귀신이냐!"

아이들이 하나둘 공격을 멈추고 고개를 돌리고 있었다. 믐은 강당 바닥에 서 있을 텐데 아이들의 시선이 향하는 곳은 그보다 훨씬 높았다. 시선을 따라가니 이즈비의 안개 몸을 마주 보고 안개 몸이 하나 더 나타나 있었다. 이번에는 유이의 안개 몸이 맞았다. 유이의 안개 몸은 이즈비의 그것보다 더 밝았다. 오후의 윤슬처럼 찬란한 빛으로 일렁이고 있었다. 아이들은 눈꺼풀만 열었다 닫았다 할 뿐, 유이에게서 눈을 떼지 못하고 있었다.

— 지나야, 머리 좀 빌리자.

텔레파시로 연결돼 있어서인지 유이가 지나의

머릿속에 들어간 게 느껴졌다. 옆집 창문에서 새어 나온 불빛이 내 방 창문에 어른거리는 상황과 비슷했다. 유이는 집주인과 통화하며 물건을 대신 찾아주는 사람처럼 집 안 이곳저곳의 불을 켰다 내렸다 하고 있었다.

그 사이 이즈비는 새들에게서 빛무리 몸만을 뽑아내어 유이를 공격하게 했다. 넋을 잃은 새들의 육체가 강당 바닥 위에 우수수 떨어져 내렸다.

"새들은 왜 죽여!"

빛무리 몸의 새들은 처음에는 유이를 사납게 공격했으나 도미노가 뒤집히듯 얌전해지더니 유이의 주위를 질서 있게 날아다니기 시작했다. 유이를 중심으로 두 개의 원을 그리기도, 커다란 팔자 모양의 궤적을 그리기도 하면서. 여자는 결국 빛의 창검을 뽑아 들었지만, 유이가 복도에 떨어져 있는 지나의 능력 카드를 찾아낸 게 조금 더 빨랐다.

여자의 창검은 현란한 실력을 뽐내며 유이보다 한발 늦게 움직였다. 유이가 지나의 미리보기 능력을 흡수한 거였다.

— 이거 장난 아니다!

유이는 여자의 공격을 능숙하게 피하며 말했다.

— 지나가 나를 조종하는 것 같다.

우리가 보기에는 몽둥이로 깃털 베기였다. 여자가 아무리 창검을 빨리 휘둘러도 깃털을 건드릴 수 있는 건 공기뿐인 것 같았다. 여자는 창검을 거둬들이고 두 개의 검을 뽑아 들었다. 검을 젓가락처럼 써서 유이를 잡으려는 시도 같았는데 유이는 이미 예상하고 있던 모양이었다.

— 다희 머리도 좀 빌려야겠다.

나는 기절하는 기분이었지만 곧 깨어났다. 내 머릿속에서 유이와 함께 롤러코스터를 타고 있었다. 레일이 존재하지 않아서 그때그때 레일을 만들어가는 느낌이었는데, 머릿속을 돌고 돌아 어느 순간 최초의 자리로 돌아왔을 때 내가 이미 알고 있던 궤적이 완성되며 유이의 손에 빛의 창검이 자라났다. 지나의 머리를 읽은 건 그렇다 치고, 빛의 무기를 쓰는 것까지 가져갈 수 있을지는 몰랐다.

— 어떻게 한 거야?

— 몰랐느냐? 이런 데선 내가 왕이다.

유이는 멋지게 창검을 돌려 여자를 겨냥했다.

"네가 성녀냐?"

공중을 올려다보고 있던 믐이 유이의 말투로 다시 외쳤다.

"약 뿌리는 성녀도 있냐!"

유이의 창검과 여자의 쌍검은 거의 평행하게 움직였다. 서로의 칼날이 부딪치기보다는 스치는 탓에 예측하기 어려운 방향을 만들었다. 미끄러지면서 상대방이 균형을 잃는 순간을 노렸다. 직선이 아니라 곡선의 칼. 궤적이 아니라 흐름의 칼. 흐르니까 더 무서운 칼이었다. 액체처럼 낮은 곳이라면, 비어 있는 곳 어디든 스밀 테니까.

두 사람은 독이 든 접시를 주고받는 것처럼 보였는데, 어느 순간 접시가 여자의 손에 완전히 넘어가버렸다. 여자는 자신의 승리를 확신했겠지만 여자가 접시를 유이에게 날리기만 하면 끝날 것 같은 순간에, 유이는 액체의 시간을 고체의 시간으로 되돌렸다. 여자의 목을 향해 창검을 휘두르는 척 자신의 몸쪽으로 바짝 끌어당겨 그대로 상대방을 향해 직선으로 뻗었다. 유이가 창을 꽂았다기보다, 창이 여자의 가슴 속으로 빨려 들어간 것 같았다.

창에 맞은 이즈비는 불붙은 휴지 조각 같았다. 여

기저기 구멍이 뚫리다가 흔적도 없이 사라졌다. 소거되면서 다양한 인격을 드러냈는데 그중 성녀의 모습은 찾아볼 수 없었다.

지나가 아이들을 향해 말했다.

"내가 말했잖아. 성녀나 악마 같은 건 없다니까. 가끔 나쁜 이즈비가 있을 뿐이지."

아이들에게 더 이상 설명을 붙일 필요는 없을 것 같았다. 창은 아이들의 눈에도 박힌 듯, 동공의 중심이 검게 커졌다가 어느새 홍채 전체가 힘을 잃고 풀어졌다. 하지만 그건 좌절이 아니라 자유를 되찾는 과정 같았다. 아이들의 눈빛에서 분노와 함께 공포가 사라지고 있었다. 붉은 머리 아이의 눈빛만이 새로운 불길로 타오르고 있었다.

강당 중앙에 멍청하게 서 있던 믐이 몸을 한 번 부르르 떨었다. 그러다가 들어올 때처럼 허겁지겁 밖으로 나가더니 잠시 후에 다시 들어왔다. 품에 유이의 몸을 안은 채였다.

"어디 있다 온 거야?"

"사과 폭탄을 찾고 있었다."

"찾았어?"

"어디에도 없다."

아, 우리한테는 사과 폭탄이 없지. 내가 다 빼앗기는 바람에. 애들은 시스템을 건드려서 들어왔는데 그건 이제 바깥에 있는 거고.

"사과 폭탄이 어딨는지 아는 사람?"

지나가 아이들에게 물었다. 아이들은 고개를 조금 흔들 뿐, 아무도 대답하지 않았다.

"정말 아무도 몰라?"

어세서 한 명이 웅얼거리며 대답했다.

"이, 이거 좀 빼주면 얘기할게요."

지나가 어세서의 척추에서 핀을 빼주었다.

"사과 폭탄은 교장님이 관리해요. 필요한 만큼 외부에서 가져와요."

"남은 사과 폭탄은 어디에 있는데?"

"지금은 남은 게 없어요."

"없는 걸 왜 얘기해!"

지나가 다시 핀을 박았다. 이번에는 목 부분에 박아서 고개까지 축 늘어졌다. 애초에 교장이 노린 게 이거였나. 우리를 유인해서 이곳에 가두어놓기. 성녀를 동원한 건 자신이 도망갈 시간을 벌기 위해서고.

하지만 우리가 못 나가면 너도 이곳에 들어올 수 없을 텐데. 고작 우리를 가둬놓겠다고 평행 공간을 통째로 포기해?

"일단 유이와 함께 더 찾아보겠다."

믐이 유이의 몸을 안아 들며 덧붙였다.

"다희와 지나는 다쳤으니 치료부터 해라."

아이 몇 명이 구급상자를 들고 와서 우리를 치료해주려고 했지만 잘 할 줄 몰라서 우리가 직접 치료를 했다. 지나의 허벅지 상처가 심각해서 소독을 하고 꿰매고 있는데 아이 중 한 명이 울었다. 그 감정은 나도 잘 알지만 오늘만 울고 잊어버려야 해. 살아남으려면 꼭.

상처를 반밖에 못 꿰맸는데 그림자가 드리워졌다. 고개를 돌려 올려다보니 붉은 머리의 아이였다.

"좀 비켜줄래? 잘 안 보여."

아이는 비켜섰지만 물러나지는 않았다.

"당신들은 좋은 사람이야?"

나는 실 하나를 끊어내고 다른 바늘을 꺼내며 대답했다.

"아니. 하지만 거짓말로 사람들을 속이진 않아."

대화를 끝내고 싶어서 비껴 쳤더니 아이는 말을

더 세게 휘둘렀다.

"거짓말만 아니면 좋은 거야? 세상을 좋게 만들어야 좋은 거지."

지나가 아파하다 말고 입에서 작은 풍선 터지는 소리를 냈다.

"가상 세계가 왜 나쁜데? 지금보다 나빠?"

아이가 목소리를 높여 다시 물었다.

"지금의 지구는 좋은 거냐고!"

지나가 그새 부풀고 있는 게 보였다.

"그걸 왜 네가 판단해?"

"……."

"세상 사람들이 네가 판단해도 된대?"

나는 지나의 등에 손을 대서 바람을 좀 빼주었다.

"흔들리잖아."

다시 상처를 꿰매는데 아이가 떠나지 않고 서 있었다. 나는 아이를 보지 않은 채 바느질을 계속하며 말했다.

"좋은 사람이든 나쁜 사람이든, 나만 옳다고 생각하면 나빠지는 거라고 나는 생각해."

대꾸가 없어서 고개를 들어보니 아이는 나를 잡

아먹을 듯 쳐다보고 있었다. 나는 표정을 부드럽게 하려고 애쓰며 말했다.

"왜 꼭 네가 싸워야 하는데?"

"그럼 누가 싸워?"

"싸우지 않고도 해야 할 일은 세상에 많아. 하필 나는 싸우는 걸 제일 잘하지만 너는 아닐 수도 있잖아?"

대화를 끝낸 건 나의 의지도, 아이의 의지도 아니었다. 유이가 텔레파시로 긴급한 상황을 알렸기 때문이었다.

— 교장이 총으로 무장한 군대를 끌고 왔다.

— 인원은?

— 사오십 명쯤 된다. 강당을 완전히 둘러쌌다.

— 그렇게 많은 병력을 어디서……. 총기는 또 어디서 구한 거지?

믐이 이어서 말했다.

— 다른 평행 공간을 연결하는 기술이 있는 모양이다. 아니면 이렇게 빨리 올 수가 없다.

사과 폭탄을 왼쪽으로 돌린 게 그거였구나. 이곳은 함정일 뿐이고, 어세서 정규군의 본거지는 따로 있었어. 나는 광어의 비열한 미소를 떠올렸다. 너의 아이디

어였구나. 목숨도 구하고, 동시에 복수도 하고. 광어는 처음부터 우리를 이곳에 몰아 죽일 생각이었어. 그게 너희답지. 아무것도 포기하지 않는 거. 악착같이 다 가지려고 해서 꼭 끝장을 보게 만드는 거.

"너희는 포위되었다."

유이와 믐이 무대 뒤로 들어오기 무섭게 확성기가 울리기 시작했다.

"외계인 말고, 지구인은 투항하면 살려준다."

확성기 목소리가 바뀌었는데 교장 같았다.

"빨리 안 나오면 생도들도 예외 없다는 뜻이다."

아이들이 서로의 눈빛을 확인하고 있었다. 믐이 자리에 선 채로 허둥지둥하며 말했다.

"저놈들이 주파수 차단 장치를 가져왔다."

"그게 뭔데?"

유이가 풀 죽은 목소리로 대신 대답했다.

"제프 집에 있던 거 있잖아. 우리 능력 막는 거."

꼼짝없이 죽었구나. 모든 것이 지금의 상황을 가리키고 있었는데 왜 몰랐을까. 광어를 그냥 죽였으면 전부 다 생기지 않았을 일인데 바보같이.

확성기가 다시 울렸다.

"십 분간 시간을 주겠다."

믐이 시간을 맞추었다.

"그때까지 나오지 않으면 배신으로 간주해 외계인들과 함께 사살하겠다."

어세서 두 명이 동시에 방법을 알려주겠다고 나섰다.

"왜, 가르쳐주는 척 도망가려고?"

지나가 코웃음을 치자 한 명이 핀을 빼주지도 않았는데 입을 열었다.

"사과 폭탄을 왼쪽으로 돌리면 다른 공간이 연결돼요."

그건 이미 아는 거고.

"하지만 왼쪽으로 돌린 사과 폭탄과 오른쪽으로 돌린 사과 폭탄을 동시에 터뜨리면……."

믐이 박수를 한 번 탁 치며 말했다.

"상쇄간섭!"

어세서가 맞다는 표시로 고개를 끄덕였다.

"바로 그거예요."

유이가 믐에게 물었다.

"그게 뭔데?"

"서로 다른 방향의 파장이 만나 서로의 힘을 없애는 거다."

"그게 뭐야. 말짱 도루묵?"

"아니다. 오히려 정반대다. 이곳은 주파수에 의해 유지되기 때문에 두 가지 힘이 모든 주파수를 무력화시키면 공간 자체를 붕괴시킬 수 있다."

"교장과 군대를 싹쓸이할 수 있겠네?"

지나가 묻자 믐이 고개를 끄덕한 다음 대답했다.

"그렇다."

하지만 유이의 한 마디로 모든 것은 말짱 도루묵이었다.

"그럼 뭐 해. 우리는 사과 폭탄이 하나도 없는데."

사과 폭탄이 없으면 모든 게 헛수고다. 공간을 붕괴시키는 게 아니라, 설사 우리가 검 하나 달랑 들고 완전무장 한 군대를 무찌른다 해도 사과 폭탄이 없으면 우리는 여기서 못 나가.

나는 아이들을 향해 외쳤다.

"다들 여기서 나가! 너희를 죽이지는 않을 거야. 나가기면 하면 돼."

유이가 갑자기 팔짝팔짝 뛰었다.

"잠깐만, 잠깐만. 좀 이따 팔구 분쯤 뒤에 나가면 안 될까?

"……."

"우리한테 시간 좀 주고, 응? 우리도 너희 안 죽였잖아!"

하지만 그렇게 말하지 않아도 선뜻 나가려는 아이는 없었다. 아이들은 다시 눈빛을 주고받았는데 모두 나가지 않기로 결정한 것 같았다.

"이상한 생각하지 말고 나가라 어서!"

지나가 크게 외쳤지만 소용없었다. 아이들의 표정만 더 확고해질 뿐이었다. 미치겠네, 왜 안 나가는 거야 대체.

강제로라도 내보내야겠다고 생각하며 자리에서 일어섰는데 믐이 내 팔을 붙잡으며 말했다.

"다희가 만들면 되지 않을까?"

"내가? 내가 뭘……."

"여기는 실재와 가상이 공존하는 공간이다. 다희가 빛의 사과를 만들면 모든 게 해결된다."

"능력이 차단됐는데 뭘 만들어."

터무니없는 소리라고 생각했는데 공간 붕괴를

알려줬던 어세서가 아이들을 향해 말했다.

"얘들아, 명상의 집을 가져와라."

아이들이 우르르 몰려가서 가져온 명상의 집은 사람 한 명이 겨우 들어가 앉을 크기의 납 상자였다.

"여기서 뭘 어쩌라고……."

"그 안에 들어가면 방해 주파수가 차단될 것이다. 너는 능력을 되찾을 수 있다."

믐이 파이팅을 외치자 유이가 믐의 등짝을 후려쳤다.

"만들면? 그걸 어떻게 나를 건데? 빛의 무기를 들 수 있기는 하냐? 들 수 있다고 한들 다 같이 우르르 달려 나가서 던지냐? 아니면 창문으로 투척하냐? 던지기 전에 총 맞아 죽냐?"

강당 안이 쥐 죽은 듯 조용해졌다. 침묵이 가시기도 전에 절반이 지났다는 확성기 소리가 들렸다.

우리의 마음속에서 절망이 자라고, 아이들의 눈빛에서 불안이 되살아났다. 어세서 한 명이 외쳤다.

"우리라도 풀어줘요. 우리까지 죽일 필요는 없잖아요."

사 분 남았다는 확성기 소리가 들렸다. 지나가 핀

을 빼주자 어서서 세 명이 일제히 달려 나갔다. 붉은 머리 아이도 자리에서 일어섰다. 아무도 쳐다보지 않고 강당 입구를 향해 걸어가기 시작했다.

"너희들도 어서 가!"

내가 아이들에게 외치고, 지나가 덧붙였다.

"살아남는 건 비겁한 게 아니야!"

하지만 아이들은 일어서지 않았고 붉은 머리 아이는 입구에서 돌아섰다.

"제발 너라도 가라고!"

"안 붙잡아서 안 갈 거야!"

아이가 말했고, 유이가 되물었다.

"그게 무슨 말이냐? 말이냐?"

아이들이 황홀해하는 얼굴로 모두 자리에서 일어선 건 아이가 무대 앞에 가까이 왔을 때였다. 햇살이 수평으로 비스듬히 흐르고 있는 강당의 허공에서 눈꺼풀 같기도 하고, 입술 모양 같기도 한 하얀 무늬가 여기 저기 동심원을 그리고 있었다. 저 멀리 구름 낀 하늘을 날아오는 것처럼 나타났다 사라졌다 하다가 어느 순간 우리의 눈앞에 수십 개 빛의 풍선으로 가까워져 있었다.

"공간을 연 건 교장의 실수였다."

믐이 말했고, 풍선들은 고개를 끄덕이듯 둥실거렸다. 풍선마다 웃고 있는 사람의 얼굴이 스쳐 지나가고 있었다. 그 얼굴들을 보고서야 나는 내가 그들을 처음 만난 게 아님을 깨달았다. 단 한 번 보았을 뿐이지만 나는 그들의 얼굴을 생생하게 기억하고 있었다.

그들은 우럭의 몸에서 해방되었던 빛의 영혼들이었다.

악몽을 꾸다 잠에서 깨면 나는 당신들의 얼굴을 떠올렸지. 당신들의 웃음을 떠올리는 것만으로도 나는 내 꿈속 악마들을 떨쳐낼 수 있었으니까. 나는 당신들을 한 번 구했을 뿐이지만, 당신들은 나의 밤을 매일같이 지켜주는 것 같았어.

"뭐 하고 있냐? 빨리 만들지 않고?"

유이가 나에게 말했다. 거의 동시에 삼 분 남았다는 확성기 소리가 들렸다.

"몇 개를 만들어야 해?"

믐이 눈알을 위쪽으로 굴리며 대답했다.

"군인들이 띄엄띄엄 서 있으니까…… 백 개쯤?"

나는 허겁지겁 납 상자 안에 들어가 앉았지만 문이 닫히고 온통 깜깜해지자 머릿속이 텅 빈 것 같았다.

호흡을 가다듬고 정신을 모아보았지만 사과 폭탄을 떠올릴 때마다 미간에 떠오른 차크라가 자꾸 흐트러졌다.

왜 안 되지. 뭐가 잘못된 거지.

미간의 차크라가 흐트러지다 못해 코 쪽으로 흐르는 것 같았을 때 쿵쿵, 상자를 두들기며 믐이 외치는 소리가 들렸다.

"다희는 할 수 있다. 다희는 안주를 만든 적도 있다!"

우럭의 착한 캐릭터를 깨우기 위해 만든 적이 있지. 나는 요리도 못 하는데. 그때는 어떻게 만들었더라. 가파른 산을 뛰어 올라가다가 미끄러졌지. 자꾸만 미끄러져서 온몸에 힘을 주다가, 어느 순간 무서워하는 마음을 놓아버렸더니 미끄러진 게 아니라 절벽을 넘어선 거였지. 미처 알지 못했던 커다란 날개가 펼쳐져서, 날 갯짓을 하지 않아도 바람을 탈 수 있었지. 마음속에서 날개를 한 번 접었다 펼 때마다 사과가 하나씩 만들어졌다.

아직 삼십 개쯤 남았을 때 사격이 시작되었고, 납 상자에도 둔탁한 충격이 오기 시작했지만 나는 믿었다. 결과가 아니라 나의 결정을 믿었다. 나는 망설임 없이

납 상자의 문을 열었다. 벽 쪽에 엎드려 총알을 피하고
있는 아이들에게 크게 외쳤다.

"조금만 버텨! 이제 다 끝났어!"

총알이 스쳤는지 어깨에 불타는 통증이 느껴졌
지만 나는 무섭지 않았다. 사과를 품은 빛무리 몸들이
공중을 향해 일제히 떠오르고 있었으니까. 사격이 멈추
기까지 내 머릿속에 떠오른 것은 고작 몇 개의 단어뿐이
었다. 미소, 햇살, 물결 같은.

더 이상의 단어는 필요하지 않다고 생각했을 때
파동이 몸을 통과해 지나갔다. 짧고, 격렬하고, 투명한
파동이었다. 두 번째 파동은 길고, 느리고, 음험했다. 바
깥에서 갖가지 종류의 파열음이 들려오고 있었다. 아마
교장과 교장의 군대가 허무 속으로 빠져드는 소리겠지.

거기까지는 좋았는데, 파동이 적절한 순간에 멈
춰주지를 않았다.

"모두 벽에서 떨어져!"

믐이 외치며 내 쪽으로 뛰기 시작했다.

"폭탄이 너무 많았나보다!"

강당의 외벽이 부서지고 있었다. 무너지는 게 아
니라 무언가에 휘말려 사라지고 있었다. 마치 수백, 수

천의 보이지 않는 숟가락이 케이크로 만든 집을 떠먹고 있는 듯한 광경이었다. 사과 폭탄 네 개쯤이야 여유 있겠지만, 사십여 개를 만들 수 있는 시간은 확실히 아니었다.

믐은 아이를 두 명이나 들고 뛰어오고 있었고, 지나는 아이들을 옮기느라 함몰하는 공간의 경계로 자꾸 되돌아가고 있었다.

나는 겁에 질린 아이들을 모두 품에 안았다. 아주 잠시라도. 짧은 손길 한 번이라도. 아이들이 위안을 느꼈기를 바라며 강당 중앙의 하프라인에 앉혔다.

"모두 꼭 끌어안아!"

믐과 지나와 유이와 나는 하프라인의 가장 바깥쪽에서 아이들을 안았다. 소리 없이 사라지는 공간을 뒤로 하고 더 넓고 깊게 끌어안았다. 길지 않은 시간이었지만 나는 아이들의 숨소리가 하나로 모이는 순간을 경험하고 있었다. 낱낱의 들숨과 날숨이 겹쳐지고 포개져 같은 리듬의 숨소리로 수렴하는 것을 듣고 있었다.

우리는 진동이 끝난 뒤에도 한동안 서로를 안고 있었다. 서로의 숨소리를 나의 숨소리처럼 자연스럽게 받아들이면서. 모두가 하나가 된 순간에 온 신경을 집중

하고 있었다. 아무도 비명을 지르거나 떨지 않았다. 우리는 아직 우리 앞에서 허무의 아가리가 기적적으로 닫힐 것을 모르고 있었는데도.

안전해진 게 확실해지고 나서야 아이들은 몸을 떨기 시작했다. 자리에서 일어나 몸을 돌려보니 붕괴는 아슬아슬한 곳에서 멈춰 있었다.

"계산 똑바로 안 하냐? 응?"

"폭탄이 적어서 이렇게 된 건지도 모른다."

유이가 쏘아붙이자 름은 둘러대기 바빴지만 나는 빛의 영혼들이 도와준 거라고 생각했다. 붕괴가 스스로 멈췄다기에는 남아 있는 공간의 경계가 너무 매끄러운 원형이기 때문이었다. 강당은 복도의 일부만 남기고 모두 사라졌다. 사이드라인까지 붕괴했고 삼점슛 라인은 아슬아슬하게 조금 남아 있는 정도였다.

주변을 둘러보던 지나가 약간 떨리는 목소리로 말했다.

"꼭 케이크 같네."

나는 빛의 풍선들이 우주를 자유롭게 헤엄치는 모습을 상상했다. 아인이도 그런 곳에 있겠지. 너무 넓고 아름다워서 누군가를 미워할 수도, 누군가와 싸울 수도 없는 곳에.

빛의 사과를 충분히 만들기도 전에 아이들은 웃기 시작하더니, 바깥의 온전한 강당으로 나오자 뭐가 그리 좋은지 삼삼오오 모여 뛰어다녔다. 어느덧 그림자가 희미해지는 시간이었는데 내 옆에 그림자를 대신하고 있는 아이가 있었다. 내가 걸으면 따라 걷고, 내가 돌아서면 같이 돌아섰다. 장난인 건지 진지한 건지 통 구분이 가지 않았다.

"왜 따라다니니?"

붉은 머리 아이는 나에게서 몸을 돌린 채로 대답했다.

"내가 언제?"

아이는 그렇게 말하고도 나를 따라다녔다. 나는 아이가 나를 따라오게 둔 채로 물었다.

"왜 안 간 거니?"

"당신이 당신 말을 지켰으니까."

"내가 언제?"

내가 몸을 돌리자 아이는 이번에는 내 눈을 피하지 않고 대답했다.

"우리한테 나가라고 했잖아요."

"그게 지킨 거야?"

"자기가 옳다고 안 하면 좋은 사람이라면서요."

"갑자기 존댓말이네?"

아이는 대답 대신 엷게 웃었다. 창밖으로 바람이 부는 걸 무슨 수로 알겠어. 잎사귀가 흔들려서 그제야 바람이 부는 걸 알았지. 여전히 감정에 서툰 표정이기는 했지만 이제는 확실히 여자아이라는 게 티가 나는 미소였다.

아이들을 폐교에 재울 수는 없었다. 오늘이 가기 전에 편안한 잠자리를 찾아주고 싶었다. 유이가 아이들을 한데 모아 텔레파시 체험을 하게 해주는 사이, 뭄은 아이들을 태울 버스를 구하기 위해 차를 몰고 나갔다. 여기저기 찢어진 상처가 많았지만 지나와 나는 아이들과 유이를 지키기 위해 한밤의 폐교에 남았다. 졸음이 밀려와서 잠들지 않기 위해 운동장 테라스 위에 나란히 앉았다.

"병원 갈 새가 없네."

"언제는 제때 갔나, 뭐."

"얼굴은 안 다쳤으니까 괜찮아."

"그럼. 몸에 난 흠집 정도야 명예지."

우리는 아이들이 텔레파시로 떠드는 소리를 들으며 웃다가, 바람이 불 때마다 상처 난 곳이 시려서 찡그리다가, 어느 순간 아무것도 움직이는 것이 없는 어둠 속에 시선을 빼앗겼다.

지나가 걱정스러운 목소리로 물었다.

"교장…… 이번에는 소거된 거겠지?"

나는 아무 일도 아니라는 듯 대답했다.

"아니어도 괜찮아. 또 잡으면 되지."

복수가 목적일 때는 비참했어. 이기든 지든 교장에게 묶여 있는 삶이었으니까. 하지만 복수가 수단인 건 괜찮아. 교장은 더 이상 나의 끝도, 시작도 아니야. 나를 방해하는 것 중 하나일 뿐이지. 이제는 내가 뭘 원했는지 알 것 같아. 맑게 빛나는 영혼들을 보면서, 밝게 웃는 아이들을 보면서 확실히 알았어. 오랜만에 부족하지 않다는 마음이 들었어. 처음으로 마음이 시냇물처럼 졸졸 흐르고 있었어. 그래서 좋은데, 너무 좋기는 한데…….

"저 아이들은 어떻게 하지?"

나는 혼잣말하듯 물었다. 이번에는 지나가 걱정할 것 하나 없다는 말투로 대답했다.

"가까운 미래만 보고 살면 돼. 어쨌든 미래의 우

리가 원한 일일 테니까."

어둠 속으로 다시 바람이 불자, 숲속의 나무들이 웅성거리기 시작했다. 잎사귀들의 작은 몸짓으로 가득 차 있는 어둠이었다.

작가의 말

세상의 모든 별에게

종종, 아니 거의 매일 잠에서 깨어나면 세상이 무서웠어요. 사람을 만나는 건 좋은데 다음 날이 되면 걱정이 많아지고, 차근차근 생각해보면 그냥 하면 되는 일인데 과연 내가 잘 할 수 있을까 자신감이 없어지곤 했어요.

우리는 타인을 있는 그대로 이해하기보다는 이미지로 판단하는 일에 익숙한 것 같습니다. 사랑까지 기대하지는 않았지만 미움받기는 정말 싫었던 모양입니다. 오해와 편견의 그물에 붙잡히지 않으려고 애쓰다 보면 내가 누구인지, 어떤 것을 좋아하던 사람인지 점점 희미해지곤 했습니다.

『투명공간 앨리스』는 초능력 SF지만, 사실 제 이야기이기도 해요. 아, 저한테 초능력이 있다는 뜻은 아니고요. 물론 아주 어릴 때는 밤마다 유체 이탈하여 하늘을 날아다니기도 하고, 자다 말고 벽을 통과하여 옆방으로 옮겨가기도 했지만요. 아직도 그때가 눈앞에 생생한데 언제부터 할 수 없게 됐는지는 잘 기억나지 않습니다. 왜 우리가 가진 소중한 능력들은 언제인지도 모르게 사라지고 마는 걸까요.

SF가 좋은 이유는 제 이야기를 적당히 숨길 수 있어서인 것 같아요. 아닌가요. 정반대로 딴 세상 이야기인 척 저의 마음을 솔직하게 드러낼 수 있어서일까요.

빛은 자신의 미래를 알고 있다는 이야기를 들은 적이 있습니다. 저는 인간도 마찬가지라고 생각해요. 비록 자라면서 능력을 잃게 되기는 하지만 우리는 우리가 어디에서 왔는지, 어디로 가는지 이미 알고 있는 존재라고 생각합니다.

어쩌면 글을 쓴다는 것은, 말을 한다는 것은 별빛과 같은 게 아닐까요. 별은 항상 그 자리에 빛나고 있지만 바라봐주는 사람이 없으면 별빛은 존재하는 게 아닐 테니까요. 누군가 빛을 보아준다 해도 그 별은, 아주 오래전에 사라졌을지도 모릅니다.

하지만 별빛으로나마 마침내 우리가 만날 수 있다면, 보아주는 사람만 있다면 별빛은 영원히 존재하는 셈이겠죠.

언젠가는 모두의 마음이 서로에게 가 닿기를. 기원합니다. 기원합니다.

로희

네온사인 04

투명 공간 앨리스
© 로희, 2023

초판 1쇄 인쇄일 2023년 12월 28일
초판 1쇄 발행일 2024년 1월 10일

지은이 • 로희

펴낸이 • 정은영
편집 • 최웅기 박진혜 이태은
디자인 • 박정은
마케팅 • 이언영 연병선 한정우 윤선애
          최문실 최혜린 이유빈
제작 • 홍동근
펴낸곳 • 네오북스
출판등록 • 2013년 4월 19일
제2013-000123호
주소 • 서울시 마포구 양화로6길 49
전화 • 편집부 (02)324-2347
경영지원부 (02)325-6047
팩스 • 편집부 (02)324-2348
경영지원부 (02)2648-1311
이메일 • neofiction@jamobook.com

ISBN 979-11-5740-390-5 (03810)